서울은 좀 어때?

서울은
좀
어때

서울은
좀
어때

"서울 생활은 좀 어때?"

- 힘들진 않아? 버틸만해?
- 외롭진 않아?
- 기대했던 것만큼 재미있어?
- 요즘 좋아 보이더라?
- 여기보다 거기가 더 좋아?
- 다시 내려오진 않을 거야?

묻고 싶은 게 뭐였는지
다 알면서도 가끔은 모르는 척했습니다.
굳이 감춰야 하는 걸까?
아니면 굳이 보일 필요가 없는 걸까?

그런 고민을 하는 사이에 이젠 가족 말고는 먼저 내 안
부를 물어 주는 사람도 없네요.
그래서 먼저 말을 걸어 봅니다. 이렇게 살고 있다고요.
남들 다 하는 서울 생활이 뭐 대단한 일이라고 쓴 건 아

니고 다만, 같이 얘기할 수 있는 친구가 더 많아졌으면 합니다. 그렇게 되면 애증하는 이 서울이 조금은 더 좋아질까 해서요.

물론, 지금도 저에겐 멋진 도시입니다.
서울.
.
.
.
제 이야기를 가장 먼저 들어 주고, 한 권의 책으로 담아 주신 〈지식인하우스〉, 1인 가구인 저도 식구로 쳐주는 라디오에서 만난 모든 인연들.
같이 살았던 날들보다 떨어져 지낸 날이 더 많이 쌓여 가는 우리 가족에게… 감사합니다.

혹시나 오해 마세요.
저 살만하고, 요즘 재밌습니다.

나의 멋진 도시에서
황관우

서울은
좀
어때

차례

#1							
	서	울	은		좀		
						어	때	?

경계

첫차와 막차 사이.
밤이 늦었거나 어쩌면 이른 새벽.
어느 쪽인지 분간되진 않았지만
분명히 어두웠던 그때.
아슬아슬한 경계를 넘어 본다.

더 망설였다면
꿈조차 민폐가 되어 버릴 만큼 늦거나
후회조차 없을 만큼 잊고 살았을지도 모를 테니까.

모두가 반기진 않았지만
너무 늦었다고, 안 된다고 말하는 사람은
고맙게도 없었다.

여기, 서울에서는.

꼭 그런 건 아니다

서울 생활을 하면서 유일하게 편해진 걸 말해 본다면 사람들의 시선이 크게 의식되지 않는다는 거다.

어릴 때는 집 앞 슈퍼를 가더라도 머리를 감고, 양말까지 신고서야 겨우 현관문을 열 수 있었다.

하지만 요즘은 머리를 안 감은 채로 학원에 나갈 때도 있다. 무릎이 다 나온 추리닝을 입고서도 혼자 극장에 가고, 조금 마음에 들지 않는 옷을 입고, 가로수 길에 나가도 뭐, 별로 상관없다.

이 넓은 서울 어디에서도 아는 사람을 마주칠 일은 없을 테니까.

편해졌다는 게 꼭 좋아졌다는 뜻은 아니다.

한강의 색

"한강은 무슨 색이야?"

지금은 틀리단 걸 알지만
나는 까만색이라고 말했었다.

그땐 어두운 밤이었거든.
그땐 그게 맞는 거라고 생각했어.

서울은 언제나 공사 중

서울은 언제나 공사 중.
당장 창문을 열고 옆을 돌아봐도
어딘가는 분명히 공사 중이다.

뭐 하나 불편한 게 없고,
더 고칠 곳이 없어 보여도.
이만하면 됐다 싶은데도…

누구는 자고 있을 꼭두새벽부터
또 누가 공부를 하고, 일하는 시간에도
술 몇 잔에 비틀거리며 들어가는 길목 어디에도.

잠자면서 밥을 먹고, 소화시키며 게워 내는
서울은 언제나 공사 중.

광역 버스

언젠가 한 번은 사고가 날 것 같았다.

늦은 시간.
그 길을 달리는 버스들은 조금 빨랐다.

평소엔 막힘없이 달리던 그 길이 오늘은 조금 더디길래
혹시나 했는데, 사고가 난 버스가 비상등을 켠 채로 도
로 위에 그대로 서 있었다.

그때 든 생각.
'거봐. 그럴 줄 알았다니까?'

마치 내 말이 맞아떨어지기만 바란 것처럼.
부정적인 일이 생기기만 기다렸던 사람처럼.

혹시나 그런 마음을 먹어서 일이 잘못된 적은 없었을까?
같은 길 위에서 슬쩍, 미안한 마음이 든다.

오늘 서울은

가 보지도 못한 런던의 우중충한 날씨를
마냥 부러워한 적이 있다.

정작 긴 장마로 해를 보기 어려운 날엔 기압 때문인지
더 무거워진 이불을 걷어 내는 일조차 짜증이 밴다.

오래 자도 개운하지 않은 건 날씨 탓일까.
게다가 며칠이나 물을 먹은 공기가 살갗에 닿는
눅눅함은 별로다.

햇볕을 쬐지 않으면 사람이 우울해진다던데
그럼 해를 흠뻑 맞으면,
얼마 만에 기분이 달라질 수 있을까.
초시계를 들고 해를 기다려 본다.

하지만 어느 맑은 날.
나는 눈을 잔뜩 찌푸리고 커튼을 닫았다.

초시계로도 잴 수 없을 찰나의 변덕.

꼭, 서울의 어느 여름날을 닮았다.

기다려!

기다리고 있다고 했다.
'뭐하고 있어?' 라고 누가 물으면 나는 그랬다.

이력서를 넣었는데 아마 언제쯤 보자고, 연락이 올 것
같았다. 다음에 보자던 친구가 오늘이나 내일쯤엔 보자
고 할 것 같았다.

혼자 뭘 해 먹기도, 나가서 먹기는 더 그래서 배달 음식
을 기다렸고, 인스타그램에 보이는 사진마다 좋아요를
잔뜩 눌러놓고는 그 사람들이 찾아와 주길 기다렸다.
평소에는 잘 보지도 않던 11시 예능 프로그램을 본방
으로 봐야겠다며 TV앞에서 나는 또 기다렸다.

아, 12시가 지나면 아이템을 주는 핸드폰 게임을 켜 놓고 기다렸고, 답답해서 바람을 좀 쐬고 싶었지만 서울은 새벽 두세 시는 돼야 밖에 사람이 뜸해질 것 같아서… 더 기다렸다.

나는 하루 종일 기다렸지만 사실 아무것도 하지 않았다.

우울증 자가 진단 테스트

서울에 오고부터 늘 피곤하단 말을 입에 달고 살게 됐다.
사람들이 뭘 물어도 '아니요. 됐어요. 필요 없어요.'
내뱉는 한마디가 전부 싫다는 말뿐인 하루.

얼른 집에 들어가 눕고 싶단 생각뿐이었는데, 막상 누
워 봐도 잠이 오지 않는다.

어렸을 때 친구들과 주먹다짐을 하며 싸웠던 일들부터
헤어지자는 여자 친구의 말에 왜 주먹으로 벽을 때리는
멍청한 짓을 했는지…
회사 복도에서 바보처럼 넘어졌던 일과, 오늘 못한 일
을 내일도 끝내지 못했을 때 어떤 일이 벌어질지 기분
나쁜 일들만 계속해서 떠오른다.
깨워 줄 사람이 없어서 늘 머리맡에 두는 스마트폰을
다시 열어 본다.

SNS를 뒤적거리다가 보게 된 우울증 자가 진단 테스트.

Q. 수면이 불규칙적이고 밤에 잠이 오지 않나요?

/ 그렇다.

Q. 폭식을 할 때가 있나요?

/ 그렇다.

Q. 요즘 부쩍 예민해졌다고 느껴지나요?

/ 매우 그렇다.

Q. 가끔 충동적인 생각을 해 본 적이 있나요?

/ 제 얘긴데요?

아니 왜, '제 얘긴데요'는 항목에 없는 거지?

오늘 하루, 누가 뭘 물으면 아니라고, 싫다고 부정적인
말만 할 땐 언제고 늘 '그렇다'는 긍정적인 기운은 대체
어디서 나온 걸까.

Q. 혹시 당신도, 이런 경험을 해 본 적이 있나요?

1. 제 얘긴데요. 2. 물개 박수를 친다. 3. 아니다.

거리에서 노래하던 김광석.
카페에서 팔았다는 파르페.
지금은 없어진 신촌의 백화점.
약속 장소였다는 강남역 타워 레코드.

서울에서 쭉– 살고 있는 사람들과 얘기를 하다 보면 가
끔 어리둥절해질 때가 있다.
어렴풋이 들어 보긴 했는데 전부 실제로 있었다고?
진짜 농구대잔치가 끝나면 선수들이 탄 봉고차를 따라
갔었다고? 그 사람들을 실제로 봤다고?

약속 장소를 지하철역이나 유명한 동네가 아니라
무슨 중고등학교로 설명할 때면 참 난감해진다.
어느 학교가 어느 동네에 있는지 잘 모르겠고,
심지어 난생 처음 들어 보는 학교 이름인데 나 빼고
다 알고 있을 때는 내 국적마저 의심해 보게 된다.
친구 누가 다니는 학교, 걔네 동네. 거기 가는 버스.

어릴 땐 그렇게 지리를 익혀 왔다.
서울에 와서는 가 봤던 지하철역, 어느 맛집.
일 때문에 미팅이 있던 곳.
회사 사람 누가 살고, 누구랑 술을 먹었던 곳.
그렇게 아는 동네가 전부다.

서울에서의 나이가 고작 10살 정도인 나.
그리고 서울에서 쭉, 2~30년을 넘게 살아온 사람들이
당연히 대화가 될 리가 없지.

심지어 2002년, 시청 앞에도 나는 없었다.

그 시절, 그 동네에 없던 나는 여전히 여기에도 없다.

우리가 뜨거웠던 시절

광화문, 동대문, 종로, 북촌, 서촌…
내가 지금 사대문 안에 들어와 있다는 생각을 하고 나면
이곳에 풍경들이 조금 다르게 보이긴 한다.
그래, 여기가 진짜 서울이었지 라며.

확실히 강남권의 서울과는 많이 다른 모습이다.
여기엔 오래된 건물, 그리고 오래된 사람들이 있다.

여기가 어디였는데, 참 많이 변했다며.
그러는 그도 참 많이 변한 모습으로.
인생에 가장 뜨거운 시절을 이곳에서 보낸 많은 사람들
이 아직 여기에 머물러 있다.

그가 변했듯, 서울도 많이 달라졌다.

동대문을 등지고 DDP를 바라보다가 복원된 청계천을 따라 걷다 보면 평화시장이 보인다.
낙원상가를 지나 잘 정돈된 쌈지길을 오르내려 본다.
광화문을 출발한 버스는 안이 들여다보이는 시청 맞은 편에 있는 덕수궁을 끼고 멈춘다.
그리고 수많은 카메라 가게들로 둘러싸인 남대문을 지나 건너기 숨이 찰 만큼 폭이 넓은 도로 위를 건너 옛 서울역에 도착한다.

그리고 거기에 가장 뜨거운 시절의 내가 서 있다.

혼밥을 팝니다

혼자 먹는 밥.
혼자 먹는 술.

"혼자 먹었어."를 "혼밥 했어, 혼술 했어."라고 말하고
나면 뭐가 좀 나아지는 걸까?

밥 한 끼, 술 한 잔이 고파서 전화기를 들었다가 그냥
내려놓게 되는 일이 잦아진다.
누구랑 연락이 되더라도 돌아오는 말은 '더 일찍 연락
하지 그랬어 다음에 날 잡아 보자.'

이런 건조함에 어쩔 수 없이.
할 수 없이 겨우… 겨우 떠 보는 밥 한 톨.

혼자라서 누가 본 적도 없는 그 모습을
애써 헤헤 헤헤헤 기껏 포장해 놨더니
그걸 가져다 팔고 있는 서울.

말과 대화

"서울 사람들은 자기 하고 싶은 말만 해"

그동안 괜찮은 남자를 통 못 만나 봤다는 친구의 하소
연이다. 처음 만난 사람들의 대화 패턴이 늘 똑같은 게
불만이란다.

자기 하는 일 얘기, 가족 얘기, 주변 친구들 얘기(그중에
내가 제일 난놈이다), 군대에서 축구한 얘기(그중에 내가 제
일 숏돌이다). 가만 놔두면 전에 만난 여자 얘기까지 술
술(그래도 좋은 애였어…) 그리고 가볍게 술 한 잔 어떠냐
고 묻는 뻔한 코스.

나는 얼마나 달랐을까 생각해 봤더니 크게 다르지 않았
다. 사실, 누가 먼저 물어보지 않는다면 내가 먼저 꺼낼
수 있는 말이란 게 한정적이긴 하다. 처음 만난 사람에
게 스스로 건넸던 얘기를 생각해 보자.

최대한 거만하지 않게 적당히 나를 포장하고, 어딘가에서 들었던, 혹은 겪었던 재미있는 이야기 중에 어디서도 먹혔던 몇몇 개의 에피소드.
그리고 최근에 봤던 영화나 드라마 얘기. 뭐 그 정도.
1번 대화가 끝나면 2번, 그리고 3번.
미리 준비해 둔 '말'을 늘어놓는 거지 딱히 어떤 대답을 원하진 않았다.

'어떤 영화 좋아하세요?' 뒤에는 '전 이 영화를 좋아합니다.' (아, 멜로 싫으세요?)
'음식은 뭐 잘 드세요? 저는 다 잘 먹는데 비린 건 못 먹겠더라구요.' (아 회 좋아하시는구나…)
'어떤 음악 좋아하세요? 전 요즘 힙합 빼고 다 들어요.
(아, 쇼미… 재밌었죠)

참, 어렵다.
사람 만나서 그냥 얘기하는 게 뭐 그렇게 어려운 일이 됐을까? 대화보다는 말이 많은 요즘이다.

– 왜? 이것도 혼말이라고 팔아 보시지.

못 내려가요

늘 갖고 싶어 엿보고 있던 물건을 주인이 잠시 맡아 달라며 자리를 비운 사이에 누려 보는 호사. 명절은 그런 날이다.

사람에 치여 사는 게 버거웠던 서울이 단 며칠이지만 한산해질 거다.
한산해진 만큼 서울의 한숨은 줄어들고, 덕분에 공기마저 상쾌할 것 같다.

사람에 치이는 게 두려워서 잘 안 나가던 명동이나 연남동. 아니면… 강남역도 조금은 한산할까?
어디에서 버스나 지하철을 타도 앉을 자리가 있겠지?
참, 별게 다 설레게 하네.

부모님이 여행을 가서 며칠 동안 집이 비는 전날 밤과 같은 기분이랄까?

명절 연휴를 앞둔 평일 저녁의 버스 안.
어제처럼 늘 막히는 길 위에서 내일 찾아올 여유를 미리 짐작해 본다.

사람들 손에는 포장이 거추장스러운 명절 선물 꾸러미가 들려 있다. 나도 어디서 줬다면 마다하지 않았을 테지만, 뭐, 덕분에 자유로운 두 손으로 전화기를 만지작거리고 있다. 그래, 섭섭해하지 말자. 섭섭함은 순간이고. 안 주고, 안 받는 게 또 내 스타일이니까.

기분이 좋아서인지 보이지 않던 것들이 보인다. 양화대교를 건너며 어렴풋 보이는 선유도 공원. 마치 유원지로 들어서는 듯한 노들길의 가로수들. 그리고 평소 퇴근길과는 사뭇 다른 버스 안의 풍경이 보인다. 김포공항 쪽으로 향하는 버스에는 큰 짐을 짊어진 가족들이 많았다.

버스에 가만히 앉아 있지 못하는 어린 딸 때문에 아빠
는 어쩔 줄 몰라 했고, 그마저 익숙한 엄마는 뭐라 나무
랄 힘도 없는 표정이다.
다들 어디로 가는 걸까?

나는 지금 집으로 향한다.
새로 바뀐 현관 비밀번호조차 헷갈리는 고향집 말고,
내가 사는 곳. 여기가 이제 우리 집이다.
밀린 숙제라도 하듯 전화기를 꺼내 부재중 통화 목록에
찍힌 가족들에게 전화를 건다.

어쩌지 이번 명절엔 못 내려가겠네.
그러게 우린 뭐 쉬지도 않네.
잘 있어 다음에 내려갈게.

다음에, 좀 더 살만해지면.

지하철 vs 버스

어디서 어딜 가느냐에 따라 지하철이 빠를 수도, 버스
가 빠를 수도 있다.

목적지가 버스 정류장이랑 더 가까운지 지하철이랑 더
가까운지에 따라서도 선택은 달라진다.

환승이 있냐 없냐로 버스가 편할 수도, 지하철이 편할
수도 있다.

이렇게 뭐가 더 편한지를 재 보다 피곤해지면 그냥 택
시를 탄다.
서울이 아무리 막힌대도 택시가 더 편한 건 분명하니까.
내릴 때 잠깐 불편해져서 그렇지…

잠깐, 너 지금 표정이 많이 불편해 보이는데?
또 택시 탔지?

띵동

초인종이 울렸는데, 현관 앞에는 아무도 없었다.

가끔 하는 소독, 가스 검침, 내가 시킨 배달 음식이 아니고는 이 벨을 누를 사람은 아예 없다.
정말 그랬다. 생각해 보니 우리 집 주소를 알고 있는 사람은 나밖에 없다.

일을 보고 다시 집에 들어올 때가 돼서야 아까 그 초인종의 정체를 알 수 있었다. 택배였다.
관리실이 없는 원룸 건물이라 배송 메시지에 공동 현관 비밀번호를 적어 뒀는데 택배 기사가 조금 바빴거나, 원래 이렇게 두고 가는 게 보통인가 보다.

중고로 산 물건이라 구매확정 버튼을 좀 더 빨리 눌러 주려고 컴퓨터를 켜 본다. 어차피 들어갈 돈이 하루 이틀 늦어진다고 뭐 탈이 나겠냐만은 나는 가끔 탈이 나서.

애간장도 타고, 결제일이 늦어서 카드가 막혀 버리는
정말 큰 탈이 나기도 해서 얼른 구매확정 버튼을 눌러
주고 싶었다.

인터넷을 켜자마자 버릇처럼 포털 사이트에 로그인을
하고 새 편지함을 들여다본다.
우리 집 현관문을 두드릴 사람이 없는 것처럼.
요즘 이메일로 누군가와 연락하는 일은 없는데 그래도
혹시 몰라서.

누가 먼저, 날 찾아 주진 않았을까 습관처럼 기다리며
광고 메일 사이에 반갑거나 낯선 이름을 찾아본다.

'띵동'

하루키요? 제 스타일은 아닌데요

그리고 사정했다.

라는 식으로 누가 무라카미 하루키의 글을 흉내 내자 술자리에 있던 사람들이 즐거워했다.

아, 뭐더라? 그 분홍빛 표지의 책 제목, 유행하는 카페 사진처럼 사람들 SNS에 잔뜩 올라왔었는데, 아 뭐더라… 저 사람들 인스타그램 피드에는 분명히 그 책 사진이 있을 거다.

사람들은 말을 이었다. 캐롤이란 영화가 얼마나 대단했는지. 그 평론가가 어떤 말을 했다고 모진 소리를 들었는지도.

영화로 이어진 대화는 얼마 전 있었던 오스카 시상식으로, 그리고 그래미 어워드로 이어졌다.

오스카 시상식은 월요일 오전이었고, 그래미 어워드는 화요일 오전이었다.

그리고 오늘은 수요일인데, 대체 매일 출근하는 사람들이 그 시간에 저걸 어떻게 다 챙겨 봤다는 거야?

상을 받을 만한 감독이, 가수가 상을 받지 못해 속상하다며 저마다의 이유로 다들 술을 시켰다.
그리고 내가 모르는 술과 내가 모르는 가수의 노래를 종업원에게 부탁했다. 아주 능숙하게.

대체 얼마나 더 보고 들어야 이 사람들 틈에서 같이 웃을 수 있을까? 나는 어쩔 수 없이 말을 아껴야 했고, 그 침묵이 어쩔 땐 동조하듯, 가끔은 한마디 하려다 참았다는 듯 보이기도 했다. 이런 걸 나는 요령이나 기술이라고 부르고 싶진 않다. 그냥 멍청함이라고 하자.

그래미고 오스카고 나발이고, 얼른 집에 가서 어제 못 챙겨 본 '나 혼자 산다' 나 보면서 맥주 한 캔 해야겠다. 앞에 있는 술 말고, 어제 편의점에서 네 캔 만 원에 사 둔 해외 맥주가 아른거린다.

이 자리에 처음 나왔다는 그 여자는 아마 내가 1도 궁금하지 않았을 거다. 솔직히 뭐라도 한마디 던져서 눈길을 받아 보곤 싶었는데.
내가 할 수 있는 말이라곤 "저번 주에 무도 보셨어요?"

취향들이 어쩜 그래?
하루키요? 제 스타일은 아닌데요.
제일 재밌게 본 책이요? '그놈은 멋있었다!'

왜? 뭐? 다들 안 봤어?
진짜?
실화임?

헐…=_=

나 혼자 산다

프로그램 이름만으로 이미 끝났다.
잘 지은 제목 하나 뭐 하나 안 부럽다.
드디어 올게 왔다고 생각했다.
전국의 뭐 암튼 되게 많은 혼자 사는 사람들이여 환호하
라! 드디어 세상이 우리 모습을 TV로 보여 줄 것이다.

라는 기대는 결국 처참히 접어야 했다.

옥탑방, 반지하, 오래된 빌라에 사는 우리 모습은 그냥
처량했다. 왜 그렇게 사냐는 사람들의 한숨으로 TV는
꺼졌다.

그래, 진짜 혼자 사는 사람들 얘기가 달라 봐야 얼마나
다르겠어, 리얼이 보고 싶으면 거울을 봐야지 뭣 하러
TV를 보겠어.

TV로 볼 땐 옥탑방의 로망은 있어도, 옥탑방의 추위는
느껴지지 않고, 반지하의 아늑함은 보여도 눅눅함은 느

꺼지지 않으니까.

보이는 걸로 전해지지 않는 감각들을 덜어 내고 나니
남는 건 눈을 휘어잡을 무언가 뿐이라서 프로그램은 내
기대와는 다르게 점점 화려해지기 시작했다.

혼자 살아서 뭐가 힘든지, 얼마나 외로운지 보다는 그
래서 혼자 사는 저 집이 얼마라고?
저 스피커는 협찬일까? 소파는 어느 브랜드지?

집-작업실만 오가서 분량이 안 나올까 걱정했다는 가
수처럼, 우리도 집-회사-집. 저 가수 못지않게 열심히
일하고, 열심히 살았다.
그런데 왜 목표했던 분량에 반에 반도 채우지 못하고
살고 있는 걸까. 대체 뭐가 다른 걸까?

이번 주, 무지개 회원들은 MT를 떠난다.
혼자 사는 사람들이 여럿 모여 즐거워하는 모습을 모니
터 앞에서 바라보며 웃는다.
혼자 앉아서…

그 나이를 먹도록

이 정도였나? 아니 이 정도였나?

자취를 그렇게 오래했는데도 아직 라면 물 맞추는 일은 쉽지가 않다. 조금 짜면 짠 대로, 싱거우면 싱거운 대로. 면이 조금 덜 익어도, 너무 푹 익어 입에서 퍼져도 그런대로 괜찮았다.

아니, 어차피 내가 먹을 라면이라면 아무 상관없었다.

라면이 그냥 라면이지 뭐…

"너는 그 나이가 되도록…"

거실 불도 켜지 않고 내가 끓인 라면을 한 젓가락 뜨던 아버지가 툭 던진 한마디. 서울에 혼자 사는 동안, 나는 그럭저럭 괜찮게 살아왔다고 혼자서도 잘 성장하고 있다고 생각했었는데 누군가에겐 설익거나 짜거나 어쩌면 싱거웠던.

다른 사람에게 나는 고작 그런 사람이었을까.

이 나이를 먹도록…

여의도로 출근하는 작가

고등학교 시절, 이소라의 음악도시에 사연이 소개 된 적이 있다. 그때 이후로 막연하게 라디오 작가라는 직업을 꿈꾸게 됐고, 운이 좋게 학교 이름에 서울이 들어가는 경기도 안산에 있는 대학을 다녔다.

아주 잠깐의 극단 생활, 일당을 10만 원씩이나 주던 드라마 조명 알바. 사람이 지긋지긋했던 영화 제작부 일을 겪고 나서야 잊고 지냈던 방송 작가 일에 도전해 보고 싶었지만 어떻게 해야 방송 작가가 될 수 있는지는 물어볼 사람도, 알려 줄 사람도 없었다.

2년의 학교생활을 마치고 다시 돌아간 고향 집.
스물 넷. 걱정이 없이 지내도 될 나이라며 거실에 늘어져 TV를 보다가 "구성 작가 구인"이라는 방송사 스크롤 한 줄을 보고 지역 방송국에 이력서를 보냈다. 면접은 이랬다.
"서울에 있는 학교 나왔네?"
"아니요, 정확하게는 경기도 안산에 있긴 한데요."

"서울 들어가잖아?"

"그렇긴 하죠."

"저기 앉아. 니 자리여. 선배들 하는 거 따라댕기면서
봐~"

"저 그럼 붙은 건가요?"

"일하러 온 거 아녀?"

"맞죠."

"일 혀~"

외갓집을 가려면 꼭 지나야 하는 길.

고등학교를 다닐 때 늘 버스로 지나던 길에 있던 방송국.

고2 때였나? 학교 행사가 있어서 취재를 왔던 기자와
방송국 카메라맨. 그 카메라 앞에서 장난치던 우리 모
습을 전하던 아나운서.

그들과 한 공간에서 일을 하게 됐다.

지역 방송국에서 제작하는 프로그램은 스물넷의 나에
겐 조금 따분했다.

정체를 알 수 없지만 좋아 보이는 직업을 가진 아저씨들
이 아주 심각하게 지역 현안을 다루는 시사 프로그램.

전통 시장 살리기에 힘을 실어 준다는 대의를 가지고
나름 장수하다 보니 갔던 시장엘 또 가고, 만났던 상인
을 또 만나고, 몇 년째 "우리 시장으로 오세요~!"를 외
치는 프로그램.

그 중 내가 맡은 저녁 6시, 생활 정보 프로그램은 1년 주기로 비슷비슷한 내용의 아이템을 준비했다.

그 조그만 동네에 매일매일 전할 새로운 소식이 있어 봐야 얼마나 있겠나. 때가 되고 철이 됐다고 알려 주는 게 어쩌면 존재의 이유일지 모른다.

작년에 갔던 옥수수 밭 사장님 전화번호 어디 있지?

봄도 됐는데 둘레길 한 번 돌아야지?

"여보세요? 어머니 저희 촬영을 하고 싶어서 연락 드렸는데요. 아 작년에 왔었어요? 그럼 올해도 또 찾아뵐게요~ 네네. 아 어제 MBC에서 왔었어요? 저흰 다른 방송국이라 괜찮아요. 네네 또 하세요~"

그곳에서 딱 사계절을 보내고 나니까 막연하게 서울로 가고 싶었다. 그만두고 서울로 가겠다니까 서울이 얼마나 무서운 동네인지 아냐며 붙잡는 걸 보니 확실히 서울에 가면 재미있는 일이 있긴 한가보다.

"방송 작가 한다며? 무슨 프로그램 해?"라고 누가 물으면 사람들이 다 아는 방송 이름을 얘기하고도 싶었고, 연예인 구경도 해 보고 싶었다.

일단, 재미있었으면 좋겠고. 라디오 사연을 보내던 여의도로 출근하고 싶었다.

하지만 서울에서 면접을 보면서 알게 된 사실.

"지역 방송도 편하고 좋지 않아요? 서울은 왜 왔어요?"

"저도 여의도로 출근해 보고 싶어서요."

그럼 다들 안타까운 표정으로

"근데, 우리는 외주 제작사라 여의도는 촬영 있는 날만 가는데?"

"CJ는 상암동이 본사야. 여의도엔 뭐 없어."

"아, 우린 KBS긴 한데 미디어센터라고 상암동 건물이야."

"MBC도 이제 상암으로 이전하는 거 알지?"

영화 '더 테러 라이브'에서도 방송국 협박하려고 마포대교부터 폭파시키고 시작하는데, 여의도에 방송국이 없다고?

여의도로 출근해 보겠다고 겨우 올라왔더니 대체 서울에 무슨 일이 일어난 거야?

사서함 xxx, 사연 보내실 주소는 서울시 영등포구 여의도동… 근데 여의도에 방송국이 없다고?

	#2							
		돈		버	는		거	
			많	이		힘	들	지	?

환승입니다

.●

교통 카드가 든 카드 지갑을 손에 꼭 쥐고서 멈추는 역
마다 어딘지, 다시 한 번 확인하곤 한다.

상암동 출근길. 회사까지는 두 번에 환승을 거친다.
버스를 타고 5호선 지하철역으로. 공덕역에서 다시 공
항철도로. 한 번에 가는 버스나 지하철만 있어도 출근
길이 이렇게 고되진 않을 텐데… 라며 매일 같은 생각
으로 시작하게 되는 하루.

 '환승입니다'

지방에서는 환승이라는 말이 조금 낯설다.
지하철 노선도 겨우 하나, 많아야 둘.
굳이 환승을 해서 버스를 타는 경우는 촘촘하지 못한
버스 노선 때문인 경우가 많다. 지역의 끝을 가도 택시
비 만 원이 나오지 않고, 그래서 환승을 하느니 그냥 택
시를 타곤 한다.

'환승입니다'

그러니까. 그냥 살던데 살았으면 환승 같은 걸로 신경
쓸 일도 없었을 텐데.

혹시 잃어버릴까 교통 카드를 꼭 쥐고서 환승역마다 쏟
아지는 사람들에 휩쓸려 가끔 반대 방향을 타기도 했다
가, 잠깐 정신을 놓은 사이에 갈아탈 곳을 그냥 지나쳐
버리기도 했다가.
환승이 빠른 칸에 올라타는 요령이 생길쯤이면 옆 사람
을 슬쩍 밀어내도 미안하단 말조차 하지 않고 성큼성큼
뛰는 걸음으로 향하는 곳.
내가 가려는 목적지는 대체 어딜까.

매일 늦었다며 탓하게 되는 건 애초에 환승을 할 수밖
에 없는 출발지였다.
나는.

걷는 사람들

요즘은 부쩍 걷는 일이 많아졌다.

지하철역과 회사 앞을 오가는 버스마저도 출퇴근 시간
이면 차에 사람 많이 타기 기네스 쇼를 펼치곤 한다.

가방에 매달아 뒀던 장식품은 어딜 가고 없고, 어떤 날
엔 셔츠 단추가 뜯어져서 애를 먹은 적도 있다.

어딜 가나 짐인데 또 짐짝처럼 실려 가는 게 싫어서 차
로 5분이면 갈 거리를 걸어 보기로 한다.

오늘 저녁, 중요한 약속이 있어서 예쁜 원피스를 입은
사람도, 어제 고깃집에서 회식을 할 때 입었던 코트를
그대로 입고 온 사람도, 그나마 사람답게 하루를 시작
하고 싶은 사람들도.

비슷비슷한 이유로
비슷한 걸음으로
비슷한 속도로

찻길 옆으로 걷는다.

아무도 생각나지 않는다

직장인을 대상으로 설문 조사를 했는데 회사일이 힘들
때 생각나는 사람으로 첫째는 부모님, 둘째는 배우자나
연인이었고, 그 다음으로 가장 많이 나온 대답은 이거
였다.

"아무도 생각나지 않는다."

내가 힘들면 함께 힘들어질 사람들, 어떻게든 그들에게
짐을 보태고 싶지 않아 견뎌 내던 시간들.
그렇게 혼자 견딜 수밖에 없는 일이란 걸 알게 되는
순간.

아무도 생각나지 않는다…

용기는 얼마죠?

친구 중에 거기 다니는 애가 있다고 자랑할 만큼 괜찮은
회사였는데, 그만둔다는 말에 모두가 미쳤다고 했다.

한동안 여행을 간다는 친구에게 사람들은 물었다.
대체 뭘 하고 싶어서 다 그만둔 거냐고.
앞으로 현실적은 계획이 있느냐고.

"이제 생각해 봐야지."

집으로 돌아오는 길.
친구에게 했던 질문을 나에게 다시 물어본다.
앞으로 현실적인 계획이 있느냐고.

모아 둔 돈은 얼마나 되는지, 지금 회사는 얼마나 더 다
닐 수 있을지, 언제쯤 다른 일을 알아봐야 할지.
그 전에 당장 이번 달 카드 값이 조금 모자라는데 어쩌
지? 무작정 모든 걸 그만둘 수 있는 용기.
그건 대체 얼마 정도 일까?

내 자리

이번에 일하게 된 곳이 가장 마음에 들었던 건 출퇴근 시간이다. 마감 시간만 지키면 일하는 시간은 언제든 문제가 없었다. 이제야 프리랜서다워졌다며 뿌듯했던 것도 잠시. 혼자 일을 한다는 건 꽤 외로운 일이었다.

편하게 쓰라던 사무실은 빈자리가 쉽게 나지 않았고, 바로 옆에서 회의라도 시작되면 슬쩍 자리를 피해 줘야 할 것 같았다. 사무실에 누가 간식이라도 사왔을 땐 어휴, 차라리 말이나 걸지 말아 줬으면…

사람이 많은 식당에서 혼자 밥을 먹는 일도 나중에야 괜찮아졌지만 처음엔 쉽지가 않았고, 가끔 봐서 얼굴은 알겠는데 도통 내가 누군지 모르겠다는 사람들의 시선도 불편했다.

어쩔 수 없이 사람들이 모두 빠져나가는 늦은 오후, 아니면 주말에 나와 일을 했다.

출퇴근 시간을 벗어난 버스는 늘 한산했다. 지옥 같은 출퇴근 대중교통을 벗어나 일할 수 있다는 것만으로도 복이라고 생각했었다. 복에 겨워 눈물이 난다 정말.

혹시, 서울에서 나한테 허락된 자리는 이 버스의 빈자리가 전부라면… 그땐 정말 어떡하지?

얼음 하나 넣어 주세요

.●

며칠 사이 날씨가 꽤 추워졌다.

"아이스 아메리카노… 아니다. 따뜻한 걸로 주세요."

버릇처럼 차가운 커피를 시키려다가 이제 겨울도 다 됐
다 싶어서 따뜻한 커피를 주문했다.
잠시 후, 너무 뜨거워서 컵홀더를 받쳐 들기에도 뜨거
운 커피가 나왔다.

"너무 뜨겁잖아요. 얼음 하나 넣어 주세요."

너무 뜨거운 온탕 앞에서 깨작깨작 몸에 물을 끼얹으면
서 대체 누가 들어가라고 이렇게 뜨거운 물을 받았냐고
투덜거리듯 뱉어 버린 말.

그사이, 카페 문이 열리며 찬바람이 들었다.
얼어붙은 손을 녹여 줄 수도, 밖에서도 꽤 오랫동안 따
듯하게 마실 수 있을 딱 적당한 온도였는지도 모른다.
하지만 커피 한 잔이 당장 마시기에 좋은 온도로 식는
것 마저 기다릴 여유가 없는 요즘.

뭐든, 지금이 아니면 아무 의미가 없게 느껴진다면 너
무 급하게 살고 있는 건 아닐까.

고마워요

잠깐 자리를 비운 사이에 누구에게도 부탁하지 않았던 커피가 책상 위에 놓여 있었다.
'누구지?' 하고 주변을 둘러보다가 한 동료와 눈이 마주쳤다. 고맙다고 까딱- 인사를 하려다가 얼른 시선을 다른 곳으로 돌렸다.

회사 밖에서 만나는 사람들 사이에서야 커피 한 잔, 밥 한 끼가 뭐가 부담스럽겠냐만 일하는 곳에선 이런 친절조차 불편의 이유가 된다.

커피는 왜?
혹시 나한테 부탁할 일이 있어서 선수 치는 건가?
또 무슨 일을 떠넘기려고?
나도 얼른 간식 하나 사다 주고 피해 다닐까?
고작 커피 한 잔에 별 생각이 다 들기 시작했다.

그리고 퇴근길에 듣게 된 소식. 그 동료가 오늘 마지막
근무였다고 한다. 무슨 이유인지는 모르겠지만 오늘
이 마지막 날이었다고.

사람이 만나고 헤어질 때 나누는 가벼운 인사였는데,
겨우 그거였는데 쓸데없이 생각이 많았다.

지금 커피 잘 마셨다고 인사하기엔 너무 늦었겠지?
아니… 인사가 너무 길어지겠지?
그냥 안 하는 게 좋을 것 같다.

언제 어디서 또 어떻게 보게 될 진 모르겠지만.

2년마다 돌아오는 회식

사무실 책상 사이사이 2년마다 사람이 바뀌는 자리가
있다. 같은 업무를 새로운 사람이 와서, 새로 배우고, 2
년 정도를 해서 익숙해지면, 다시 새로운 사람이 와서
새로 배운다.

상식적으로 너무나 비효율적인 이 시스템이 언제부터
인지 당연해졌다.

"저 이번 달까지만 해요."

익숙한 헤어짐. 어차피 헤어질 테니까 애초에 친해지지
않는 게 방법이기도 하다.

어정쩡한 분위기의 사무실.

"띵- 뚜구둥- 또로또로동- 카톡카토옥- 뚱디-"

단체 톡방이 울렸나보다.
누구 씨가 오늘 마지막 날이니까 저녁에 회식이란다.

회식할 핑계는 더럽게 많으면서 붙잡을 핑계 하나 만드
는 게 그렇게 어렵나?

회사가 상암동인 사람들은 상암동에서 술을 잘 먹지 않는다. 예를 들면 홍대 정도는 나가 줘야 회사 욕도 하면서 마음 편히 술을 먹는다고, 홍대로 나간다.
그렇게 홍대는 상암동 회사원들로 넘쳐난다.

이제는 홍대도 안심할 수 없다며 이태원까지 벗어나 본다. 그렇게 상암동이 회사인 사람들이 홍대를 지나 이태원에도 넘쳐 난다.

지방에 살다가 서울에서 처음 직장 생활을 시작한 사람들은 서울이 암만 넓어 봐야 다 거기서 거기란 걸 그때 처음 알게 된다.

이제 회사 앞, 회사 근처, 회사 먼 곳.
적어도 세 군데 정도 맛집, 술집을 알게 된 사람들은 주
말이면 저 세 곳 중 한 곳으로 향한다.
그리고 이렇게 말한다.

"여기가 내 나와바리야."

그렇게 서울을 배워 가는 사람들을 위해 원래 서울에
사는 여러분이 가끔은 아주 먼 곳으로 떠나 주자.

거기서 또 마주치고 싶지 않다면!

오피스 룩의 완성

오피스 룩의 완성은 얼굴.
그리고 목에 건 출입증이다.

이 아이템은 회사 생활을 갓 시작한 사람들에게 새로운
능력치를 부여하는데, 예를 들자면 친구들과 약속 자리
에서

– 짠, 나 여기 다니지롱.
– 아이쿠, 내가 정신이 이렇게 없네. 일하는 게 이렇단다.
– 내 연봉을 보아라.

라고, 함축적이며 은유적으로 표현할 수 있다.

얼마나 그러고 싶겠나.
당당하게 출입증을 밖으로 맨 앳된 얼굴을 거리에서 마
주친다면 처음 일을 시작했던 내 모습을 마주친 듯 반
갑게 웃어 주도록 하자.

단, 주의할 점.
출입증은 사원증 앞에서 효력에 무효화된다.
되레 자리에서 소멸하고 싶어지는 부작용이 있으니 주
의하도록.

이 출입증, 사원증 아이템은 몇 년 후 "아이씨 깜짝이
야. 빨리 말해 줬어야지. 쪽팔리게 계속 차고 다녔네."
로 변질되며, 특히 근무시간, 외부에서 커피를 들고 착
용 시 "쟤 어느 팀이더라?" 공격을 방어할 수 없으므로
각별히 신경 써야 한다.

출입증을 목에 건 상태로 동료들과 "언제까지 다니냐,
언제 때려 치냐." 신세 한탄을 하고 난 후에는 잠시 혼
자의 시간을 갖도록 권유한다.
지금 당신의 일상조차 부러워할 수많은 이들을 위해,
그랬던 나를 위해서라도. 쓰게나마 한 번 더 웃어 보도
록 하자.

목걸이에 있는 사진처럼. 스마일—

커피 왔습니다

아바라 2
아라 3
아카모 1
따라 2
비사생 1
아아 1

암호 같은 메모를 들고 건물 1층에 카페로 향한다.

아이스 바닐라 라테 둘
아이스 라테 셋
아이스 카페 모카 하나
따뜻한 라테 둘
비트 사과 생강 주스 하나
아이스 아메리카노 하나 주세요.

서울은
좀
어때

지금이 아니면 아무 의미가 없게 느껴진다면
너무 급하게 살고 있는 건 아닐까.

황 관 우

커피 심부름을 다녀올 때 장점을 몇 가지 알려 드리고
자 한다.
카드 주인이 '그럼 난 짜장'이라고 말하지 않는다면 눈
치 보지 않고 비싼 커피를 슬쩍 묻어 마실 수 있다.

그리고 쿠폰을 챙길 수도 있는데 회사 앞에서만 쓸 수
있는 카페 보다는 기왕이면 스타벅스를 이용하자. 생각
보다 빨리 스타벅스 골드 카드를 받을 수 있을 거다.

요령이 생기면 한 번에 열 잔이 넘는 커피를 들 수도 있
다. 결혼식장 뷔페에서 땀범벅이 되어 일하는 어린 아
르바이트생을 보고 고생한다, 짠하다 싶다가도 한 번에
몇 접시나 들 수 있을지가 궁금해지는 것처럼 지금 당
신은 전혀 안 불쌍해 보이니까 걱정 말 것.

양손 가득 커피를 들고 불쌍한 표정으로 경호 직원과
눈을 마주치면 출입증 없이 로비를 통과할 수 있다.
이 순간만큼은 사장과 동급이다.

하나하나 커피의 주인을 찾아 주면 내가 결제하지 않아
도 고맙단 말까지 들을 수 있다.
마지막으로 내 돈 주고 산 커피보다 더 맛있다.
일한 뒤에 먹는 고봉밥처럼.

수고했다.
커피 한 잔 마시는 일조차 일이었던 당신에게 박수!

카페로 출근하는 사람들

건너들은 이야긴데, 어디서 이름을 들어 봤을 법한 유
명한 건축가는 매일 강남 어딘가 있는 스타벅스로 출근
한다고 한다.
매일 같은 시간, 같은 자리에서 일을 보고, 그곳에서 미
팅을 하고 퀵, 우편도 전부 그곳에서 받는다고.

이 얘길 듣고, 누구는 '나는 왜 그 생각을 못했지?' 라
고 혀를 차고, 누구는 괴짜라고 생각할 수도 있다.

생각해 보자.
강남에서 내 책상 하나 둘 수 있는 사무실 한 달 임대료.
그 사무실에 필요한 이것저것 잡다한 비용들.
그리고 스타벅스에서 눈치 안 보고 편하게 있을 정도면
커피 세 잔? 곱하기 주5일, 다시 곱하기 4주.

괴짜 같다고 생각했는데 이제 좀 그럴싸한가?
그럼 다시, 카페 같은 공간에서 일이 되겠느냐고?
왜 이러시나, 스타벅스 한 번도 안 가본 사람처럼.

사무실이 밀집한 지역이라면 이미 그 스벅은 메뚜기 사무실이다.

이동 중에 잠깐, 혹은 프리랜서들의 작업실로 이미 쓰이고 있으며, 또 한쪽에선 업무 미팅이 이뤄지고 있다. 이미 사무실인데 일이 안 될 게 뭐람.

아, 혹시 대학가 스타벅스를 가게 된다면 주의하자.

친구들과 큰 소리로 떠들었다간 공부에 방해가 된다며 욕먹을 수도 있다.

알바와 수업이 비는 시간 사이에 잠깐 엎드려 잠을 자는 사람도 있을 테니 휴대폰은 진동으로 두자.

사무실 주변에 잠깐 낮잠을 잘 수 있는 곳도 한 시간에 오천 원에서 만 원이나 한다는데, 돈 사오천 원에 음료도 주고, 무료로 와이파이도 열어 주고, 앉아 있을 자리에 전기도 마음대로 쓰게 해 주는 곳. 고맙지 않은가?

뭐? 커피 한잔 시켜 놓고 하루 종일 죽치고 그게 무슨 진상 짓이냐고? (어디 끝까지 해보시겠다?!)

이게 무슨 동네 전파상 때문에 삼성전자 문 닫는 소리야. 세상에서 제일 쓸데없는 걱정이 연예인 걱정, 대기업 걱정, 남들 결혼 걱정이다.

스타벅스커피 코리아의 2016년 매출은 1조 28억. 누가 커피 한잔 시켜 놓고 종일 죽치고 있다고 문 닫는 일 없으니 걱정 말기로 하자.

그래도 스타벅스를 마시면 된장남, 된장녀라는 세기말 단어를 꺼내신다면 휴, 더한 말은 생략한다(이미 말이 통할 상대가 아니시기에).

그러니까 아직도 스타벅스가 비싸고 사치스럽단 생각이 든다면 그냥 생각만 하시라. 절대 입 밖으로 내지 마라.

대체 이 많은 사람들이 왜 카페로 몰려나올 수밖에 없었는지… 그런 생각을 해 보는 것도 뭐, 나쁘진 않다.

욕심쟁이 우후훗

나름 전공자라고 '글' 이란 글자에 깃들어 있는 신성함, 그걸 나 따위가 차마 더럽힐 수 없단 생각에 글을 쓴다는 말은 무척 조심스럽다.
그래서 대신 쓰는 말은 작업해요. 원고 털어요. 일해요. 돈 벌어요.

능력이 된다면 지금보다 더 많은 일을 하고 싶다.
이력서에 경력 한 칸이 채워질 때마다 게임에서 큰 전투를 이기고 비싼 아이템을 받은 것처럼 뿌듯하다.
돈도 주고, 이력서 한 칸도 채워 주고. 아이, 고마워라.

찾아서도 하는 마당에 들어오는 일은 마다하지 않았고, 대신 잠을 줄이는 쪽을 택했다.
당연히 좋아하던 술자리가 줄었고, 사람들과도 멀어졌다. 당장은 아쉽지만 어쩔 수 없다. 남들처럼은 살고 싶으니까.
기념일이면 서로에게 부담 없이 선물을 주고받고, 오랜만에 연락해 온 친구에게 기분 좋게 술 한 잔은 살 수

있고, 축의금 낼 돈이 없어서 그 사람과 머쓱해지지 않
고, 친구들에게 이제는 돈을 꿔 달라는 연락을 하지 않
고, 몇 달에 한 번은 나에게도 선물을 한다며 쓸데없는
물건을 사기도 하고, 걱정 없이 렌탈료를 내며 집에 정
수기, 비데도 설치해 두고 싶다.

이 정도는 하고 살고 싶어서 잠을 줄였다. 그뿐이었다.
그래서 욕심이 많고, 돈 따라가는 애란 소릴 들었을 때
는 화가 났다.

나의 생존이 누군가에게 욕심으로 보인다면 그건 너무
서운한 일이다.

오랜만에 만나는 고향 친구들은 늘 나에게 불만이다.
도대체 왜 안 내려오느냐고. 바빠서 그러니까 너희가
한 번 올라오라고 하면 자기들도 바쁜데 서울을 어떻게
가냐고 한다.
… 그럼 나는 어떻게 내려가냐?

내 생존 방식이 틀렸다? 정말? 확신할 수 있나?
그럼 맞는 방법은 어디가면 배울 수 있는데?
먹고사는 문제를 어디에서 누구에게.
누가 맞는 건데?

너만 생각해

그만둬도 괜찮을까?

다니던 회사를 그만두고 싶어졌다.
하지만 당장 나 때문에 함께 일했던 누군가가
피해를 보게 된다는 건 마음이 정말 불편해지는 일이다.
이미 마음은 떠났는데, 결정은 쉽게 할 수 없었다.

그때, 왜 얼굴이 죽상이냐며 말을 걸어 준
선배가 해 줬던 말.
"너만 생각해! 그래도 괜찮아!"

굳이 다른 사람 입으로 그 말을 듣고서야
망설였던 변명들을 주섬주섬 담아 본다.

사실 다른 이유는 다 핑계였을 뿐,
나는 그저 앞으로의 내가 걱정됐을 뿐이다.
이미 충분히 이기적이었다.

그래도 괜찮으니까

"너만 생각해!"

제주도 재밌었어!

몇 년간 일했던 회사 일을 쉬게 되면서 매일 보던 사람들과 많은 인사를 나누게 됐다.

"그래서 이제 뭐 하려고?"

하필이면 명절을 앞두고 있을 무렵이어서 덕담에 덕담을 얹어 이러다 담이 올 것만 같았다.
몸이 좀 안 좋다는 말로 얼버무리려다가 너무 많은 병원을 소개받게 됐고, 계획 없이 쉬겠다는 말에 복권이 당첨됐단 소문도 돌았다.
20대 마지막 여행 계획. 인도나 유럽. 그 정도가 딱 적당했다. 어디에 가면 뭐가 있다더라~ 하는 얘기는 들어두면 나쁘진 않았으니까.

"제주도 재밌었어!"

행사 때문에 제주도로 함께 출장을 갔던 동료는 나에게
마지막 인사로 그때의 제주도를 전했다.
그 여름, 제주도의 아스팔트 위는 정말 뜨거웠다.
더위를 함께 나눈 몰골은 여지없이 처참했지만 그 모습
마저 서로 웃으며 볼 수 있던 사람들 덕에 그때의 제주
도는 재미있었다.

헤어짐을 앞두고 이런 기대를 해도 될지 모르겠지만 내
일도… 재미있었으면 좋겠다.

안 프리랜서

진정한(?) 프리랜서는 업계 1% 정도나 될까?

프리랜서들은 생각보다 프리하지 않다. 일에 따라 페이가 프리하거나, 작업 기간이 의뢰인 마음대로 늘었다 줄었다 프리하거나, 나와 계약한 주체가 명확하지 않아 프리하거나, 입금 기간이 프리한 경우라면 당신은 프리랜서!

심지어 일을 관두는 시점 또한 프리하지 않다.

라디오 국에 개편이라는 칼바람이 분다. 예전엔 이 시기가 방송3사가 비슷하게 엇물려서 개편이라더라~ 하면 다들 개편인 시기가 있었다는데. 내가 라디오 일을 시작할 즘부터는 해마다 늦거나 당겨지는 개화시기처럼 언제는 빠르고, 언제는 조금 늦고, 어디는 봄인데 어디는 아직 겨울이기도 하다.

잘되는 프로그램이라는 안전 가옥에 머물 때야, 밖이 춥고 덥고는 문제가 되지 않는데, 이번 개편은 어딘가 찬바람이 분다. 심지어 너희 프로그램 개편이라는 소리를 다른 방송국 동료들에게 듣게 된다. 그사이 담당PD

도 같이 일하는 선배들도 팀을 떠나게 됐다. 나도 개편
여부에 따라 같은 자리에 계속 남게 되거나 어느 프로
그램에도 합류하지 못하고 소위 붕— 뜨게 될지 모른다.
이미 다른 프로그램들은 개편이 끝난 시기라 한 학기를
(개편과 개편 사이를 '학기' 라고 부른다) 강제로 쉬게 될지도
모른다. 여섯—일곱 달 백수 예정이란 소리다.
이 어수룩한 상황을 탓해야 할 주체도 명확하지 않아서,
옜다, 하고 소리 지르는 심정으로 SNS에 한마디 끄적
여 봤다.

누구도 책임져 주진 않는다. 책임질 이유도 없다.
이러지도 저러지도 못하네…
너무해 너무해. ‹(◔.◔")› ‹(◔.◔")›

이 글에 뜨문뜨문 연락하는 군대 동기가 댓글을 남겼다.
"계륵"

아… 적절했다 너.

#3

사 는   데 는 ?

밥 은 ?

신도시 킬러

새로 이사한 집은 높고 좁은 오피스텔이다.
창밖 풍경을 찍어 어디라고 해시태그를 달았더니만 친구가 댓글을 남겨 놓고 갔다.

"신도시 킬러!"

잦은 이사의 이유는 낮은 벌이 때문이다.
욕심을 내서 월세가 조금 비싼 곳으로 가기도, 역시 안 되겠다며 다시 형편에 맞는 집을 찾기도 했다.

그렇게 떠돌이 생활을 하면서 얻게 된 꿀팁이랄까?
공사가 끝나 가는 오피스텔 단지는 도미노 입주를 시작하게 된다. 초반에 많은 물량이 풀리다 보니 이때를 맞추면 첫 입주는 운이 좋으면 꽤 저렴한 1년 월세를 보장받을 수 있다.
그렇게 메뚜기처럼 새로 생긴 오피스텔 단지를 돌았더니만 신도시 킬러라는 별명도 생겼다.

정말 아쉬운 건, 늘 공사 중이던 옆 건물에서 드디어 소음이 멈추고, 먼지 날리던 흙길에 보도블록이 깔리고, 이제 막 심어졌던 나무들이 자리를 잡아 갈 때쯤.
이제 옷을 맡길 세탁소는 어디, 급하게 한 끼를 때울 수 있는 식당은 어디. 여기가 우리 동네라는 감각이 익어 갈 때, 계약 기간도 끝이 난다는 것.

거의 다 찍어 놓은 카페 쿠폰마저 매정하게 버려야 하며 옵션으로 딸려 있던 유리컵 하나도 처음 자리에 그대로 둬야 한다.
입주 청소 업체를 통해 머리카락 하나 남기지 않는 치밀함과 정 따위는 생기기 전에 마음에서 지워 내는 냉정함까지 유지해야 한다.

떠난 뒤에는 맡겨 두었던 보증금이 입금되고.
또 다음 먹이를 찾아 떠나게 되는.
이런 이들을 이렇게 부르도록 하자.
'신도시 킬러'

6평의 기적

요즘 서울의 원룸 월세 계약 기간은 보통 1년이다.
그리고 1년 후엔 다양한 이유로 이사를 결심하게 된다.

서울의 1년은 길다.
직장이 달라졌을 수도 옆집에 새로 이사 온 사람이 달
라졌을 수도(뭔가 이상하거나 나에게 피해를 주는 사람일 수
도) 이런저런 이유들로 하루걸러 직방 보고, 다방 보고,
피터 팬도 찾게 된다.

좋은 방을 아이쇼핑하듯 구경하다가 검색 조건 항목이
점점 현실에 가까워질수록 마주하게 되는 제목.

'6평의 기적! 북유럽 감성을 담은 마법 같은 방!'

실제로 6평 남짓한 조그만 방에 살아 본 사람들이라면 다 안다.

예쁜 가구와 조명으로 채워진 저 사진 속의 방에는 두꺼운 이불이나 다른 계절의 옷을 둘 공간이 없고, 벽걸이 선반을 설치해도 될 만큼 집 주인이 너그러운지는 알 수 없다는 걸.

탄산수 유리병과 생수로 채워진 최신식 빌트인 냉장고가 있어도 당장 도마 하나 올려 둘 공간조차 없는 주방.

머리맡에 매일 빨래를 두고 살았더니 빨래 냄새에 진저리가 나서 조그만 베란다라도 하나 있었으면 했지만 6평에 바랄 걸 바라야지.

마법 같은 방, 아쉽게도 서울에 많고 많은 직업 중에 마법사는 없었다.

6평의 기적.

어쩌면, 여기에 산다는 것 자체가 기적이라는 뜻은 아니었을까.

창문을 열면

.•

한쪽 면이 통유리로 된 멋진 외관.
넓은 도로가 한눈에 내다보이는 멋진 야경.
그런 걸 기대했지만 웬걸, 창밖으로 삭막하게 벽이나
마주 보고 있지 않으면 다행이다.
글쎄, 반대편에 다른 집을 마주하고 있는 것보다 어쩌
면 벽이 나을 수도… 아닌가?

이런 걸로 우열을 가려야 하는 상황 자체가 딱하지만
스스로 짠해지진 말자.
몇 년 전의 나에겐 버거웠을 오피스텔 월세를 지금은
거뜬히 감당함을 뿌듯해하자.

대낮에도 걷을 수 없는 커튼 사이 창밖을 보면 거울이
하나 있다.

같은 건물.
같은 커튼.
같은 사람들이
같은 이유로
갇힌 조그만 방.

아닌 척, 스스로 커튼으로 가려 버린 창 안에 내가 있다.
나는, 여기에 산다.

방에서 음식을 한다는 건

원룸에서 음식을 하려면 큰 용기가 필요하다.
문제는 냄새다.

냉장고를 열 때마다 참아 내야하는 김치 냄새.
볶음밥에 채소라도 하나 넣어 보겠다며 썰었던 양파
냄새. 재료가 늘어날수록 사태는 심각해진다.

결국, 창문을 열기로 결심했을 땐 몇 가지 준비가 필요
하다. 겨울이라면 두꺼운 후드 집업 정도는 걸치고, 보
일러를 켜 놓았다면 얼른 꺼 두자.
여름이라면 밭에 나갈 채비를 하듯 목에 수건 정도는
둘러 줘야 한다. (보통은 보일러 틀어 놓은 게 아깝고, 에어컨
켠 게 아까워서 밥을 안 하고 만다.)

큰마음을 먹고 창문을 열자마자 차고 뜨거운 바람이 방
안으로 빨려 들어온다.

전화가 온다.
집이다.

가족 벨소리로 지정해 둔 노랫소리가 밥 때마다 퍼지는
엄마의 냄새처럼 방 안을 메운다.
화장실마저 다른 층에 있던 반지하 집에 살다가 아파
트로 이사를 하고도 여전히 집에서 메주를 쑤던 엄마.
남들은 에어컨 실외기를 달아 놓던 곳에 주렁주렁 메주
를 달아 놓던 우리 엄마의 구수한 냄새.

"그런 걸 사다 먹으니까 살이 찌지. 그런 걸로 때우니
까 자꾸 병원 가는 거잖아. 귀찮아도 해 먹어… 김치 먹
고, 김치."

내가 아프거나 힘든 이유는 열에 아홉은 김치를 안 먹
어서고, 하나는 컴퓨터를 많이 해서다.
지난 달, 집에 들렀다가 어쩔 수 없이 받아 온 김장 김치
두 통. 끼니마다 아무리 꺼내 먹어도 줄지 않는 화수분.

저 김치를 먼저 다 먹느냐, 장가를 먼저 가느냐.
꽤 숨 막히는 레이스다.

편의점 도시락

일본 편의점 도시락의 명성은 '역시나' 였다.

원래 일본이란 동네가 워낙 뭐든지 혼을 다하는 동네 아닌가. 아마 혼신을 다하는 일본 우동 장인의 모습을 외할머니가 봤다면 '국시 한 그릇 말면서 뭘 그렇게 오두방정을 떠느냐' 며 한마디 하셨겠지.

하지만 우동 한 그릇이 영화가 되고, 꿈을 찾겠다며 회사를 박차고 나와 식칼을 잡은 수많은 이들의 인생 작품, '심야 식당'이 그려진 바로 그 땅에서 만든 편의점 도시락은 달랐다.

왜 우리나라는 이렇게 못 만드는 걸까… 하고 투덜댄 수많은 사람들 중에 분명 식품업계 종사자들도 있었던 모양이다.

몇 년 사이에 우리나라 편의점 도시락은 꽤 맛있어졌다.

심지어 쇼핑을 마친 중국인 관광객들도 편의점 도시락을 쓸어 담곤 하는데, 중국 사람들도 인스타그램에
#서울여행 #편의점 #도시락 #존맛

이런 해시태그를 달아 올리지 않았을까?

혼자 사는 사람이 많은 동네일수록 '편.도' 쟁탈전은 뜨겁다. 분명히 싼 데는 분명 다 이유가 있을 거라는 온갖 의심을 뒤로하고 출근 시간, 점심시간이면 편의점 이미 동이 나 버리는 이유는 너무 당연하게도, 제법 먹을 만하기 때문이다.

편의점 도시락은 이제 '아무나 얻어걸려라' 하는 심보로 정말 어쩔 수 없이 한 끼 때우던 사람들이 아니라 가성비 좋게 한 끼를 해결하고 싶은 사람들을 공략하기 시작했다. 심지어 대학교 앞에 있던 식당 이모가 4~5천 원에 요일마다 다른 메뉴를 차려 주던 모습처럼 하루가 다르게 새로운 메뉴로 공복의 손님들을 유혹한다.

선택의 폭이 넓어진 사람들은 급기야 백 원 이백 원 차이의 도시락들을 비교 분석하기 시작했다. 더 꼼꼼하게 재료의 원산지와 신선도를 따지고, 부족한 부분은 제조자가 울고 갈 악플로, 칭찬해 줄 부분은 생생 정보통 맛집 손님들보다 더 화려한 리액션을 아끼지 않는다.
거기에 보답이라도 하듯 편의점들은 새로운 메뉴에 생수나 탄산음료를 거저 붙여 주는 이벤트를 종종 하는데, 주거니 받거니 하는 한국인의 정이 전자레인지에 1

분 40초면 모락모락 김을 내며 먹기 좋게 뜨끈해진다.

하지만 그 백 원 이백 원의 차이가 뭐라고, 도시락 하나 사려고 편의점을 몇 곳 돌아본 사람들은 주머니 속 짤랑거리는 동전 소리만큼 방정맞은 감정을 느끼게 된다.

그건 어쩌면 콩나물 한 움큼 때문에 가게 주인과 눈을 흘기며 다투던 엄마. 피서 철에 튜브 하나 사러 나간 시장에서 에누리 없던 가게 주인과 혁띠가 풀어지도록 싸우던 아빠가 느꼈을 서러움과 같을지 모른다.
오빠, 밥은 먹었냐며 바라보는 혜리. 사람 좋게 웃으며 밥 한 사발 퍼 줄 거 같은 백종원 아저씨, 국민 엄마 김혜자의 미소로 포장해 봐도 감춰지지 않는 초라함. 그걸 누가 볼세라 우걱우걱 욱여넣으며 때우는 한 끼. 그렇게 오늘도 잘 때웠다며 잠드는 하루.

사실은 국물 한 그릇 없이 겨우 삼켜 넣은 맨밥.
먹고 나니 왠지 모르게 속이 짜들어 가는.
하지만 내일도 삼켜 내야 할.

편의점 도시락.

고민할 일을 해체!

회사에서 점심 메뉴를 고르는 것보다
자취방에서 혼자 한 끼를 해결할 때
더 많은 고민이 필요하다.

해 먹을지 사 먹을지.
사 먹으면 뭘 먹을지.
해 먹으면 쌀을 올릴지 즉석밥을 뜯을지.
반찬은 냉장고에 뭘 꺼내야 할지, 다시 장을 봐야 할지.

집 밥의 내공이라는 건 요리 실력이 아니라
대충 한 상 차려서 아무 국물에 말아 먹고 말 수 있는
결단력일지도 모른다.

바쁜 평일 아침도 아닌데…
밥 때문에 머리가 아파질까 봐 그냥 한 끼를 거른다.

고민하느니 고민할 일을 해체!
내가 이딴 요령을 따라 하게 될 줄이야.

세금

일단, 가장 급한 월세를 먼저 입금하고, 다시 계산기를 두드렸다.

관리비, 휴대폰 요금, 인터넷 요금, 전기세, 가스비, 건강 보험료, 직원이 아니라서 내야 하는 회사 정기 주차비, 후불제 교통 카드 요금, 집에서 나도 모르게 들어놓은 건강 보험료.
과연 아파트라는 게 필요해질지는 모르겠지만 일단 만들어 둔 청약 통장, 돈 버는데 하난 있어야지 싶어 만든 정기 예금 통장, 카드 값, 누가 꼬드겨서 만들었다가 결국 모든 빚의 원인이 된 또 다른 카드 값.
급해서 썼던 카드론 대출금, 청년 햇살론 이자, 그 틈에 오묘하게 끼어 있는 적십자 회비(반사!).

서울에 살면서 매달 내야 하는 돈이 이렇게나 많이 생겼다.

돈 십만 원. 가끔은 겨우 몇 만 원이 없어서 조금 미뤄도 괜찮을 게 뭔지 고지서를 헤집어 가며 따져 보곤 한다.

그때 느껴지는 초라함. 그 초라함마저 일상으로 둔갑해 익숙해지는 순간이 있다.

좋다 나쁘다로 말할 수 없는 늘 있는 일.

이를테면 불행 같은 것.

내 방식

뭐가 문제라 다들 연애를 못하느냐에 대한 얘기를 하는
중이었다.

내 공간에 다른 사람이 들어왔을 때 불편해지는 것들이
적어도 서너 개쯤은 있는 있어 줘야 연애를 못 해도 그
나마 덜 서럽달까?
연애무능력자 보다는 까칠한 싱글을 택한 이들의 핑계
를 들어 보자.

혼자 산지 2년쯤 된 그녀. 그녀의 침대는 살균 구역이다.
집 밖, 외부로부터 들어오는 어떤 것도 그곳에 닿을 수
없다.
가령 친구들이 놀러와 침대에 엉덩이를 대고 앉는다거
나. 심지어 눕는다거나. 땅바닥에 앉아 침대를 등에 대
고 머리를 뒤로 젖히는 것조차 그녀는 용납할 수 없다.
자기도 잠옷을 입지 않고는 절대 몸을 함부로 눕히지
않는 곳.
그녀의 침대다.

거의 6년을 혼자 살고 있는 그녀는 빨래 각이 그 무엇보다 중요하다(군인 아님).

다림질을 해서 입어야 하는 옷은 애초에 사지도 않는다. 주름 하나 없도록 온 힘을 다해 턱턱– 하고 빨래를 털어 건조대에 널어야 한다. 자기 대신 세탁기를 돌리겠다거나 "빨래 다 됐다 내가 널게~"라고 말하는 남자는 그녀의 집에 발을 들일 수 없다.

뭐 혼자 살다 보면 자기 습관 같은 거야 다 있는 법이지. 근데, 참 별것도 아닌 걸로 유난들이긴 하다.

나는? 음… 뭐 딱히 없는데.

조용한 게 싫어서 늘 방에 음악을 틀어 놓긴 하지.
아빠가 출근할 때 뽀뽀뽀처럼 현관문을 여는 그 순간까지 음악이 나와야 한다.

타이머 맞춰 놓고 알아서 꺼지게 하면 되니까.

환기는 생명. 중국에서 온 미세먼지, 중국 기계로 잡겠다며 샤오미 공기청정기를 하나 사긴 했는데, 그래도 환기만 한 게 어딨어!

아, 습도도 생명이지. 가습기는 꼬박꼬박 챙겨 주고. 한겨울에도 선풍기는 절대 치우지 말 것! 샤워하고 나오면 더우니까. 집에 컵이 없다고 아무 데나 물이나 음료수를 따라 마시지 말 것! 나름 다 용도에 맞는 텀블러가 있으니까.

아, 집에 머그컵은 없다. 필요한 적도 없었고.

꺼내본 CD는 만지면 반드시 제자리에.

그리고,
또 그리고…

아, 젠장.
연애 못 할 만하구나.

서울에서 자취를 시작합니다
응원해 주세요

"짐 싸면서 라디오 들어요.

20대 중반, 제가 처음으로 자취를 하게 됐습니다.

내일이면 서울로 떠나요.

친구 말을 듣고, 신림동에 자취방을 구했는데요.

엄마가 와 보시더니, 종로에 있는 회사랑도 너무 멀고

돈에 비해서 생각보다 방이 너무 허름하다며

계속 마음이 안 좋다고 하시네요.

그래도 홀로서기하는 첫 보금자리니만큼 정붙여서 잘

지내보려고 해요.

DJ님이 많은 응원해 주세요!"

실시간으로 들어오는 라디오 사연을 가장 먼저 보게 되
는 건 작가들이다.

문자 사연을 보내면, 요즘은 자동 답 문자가 가는 시스
템인데, 꼭 필요한 경우에는 작가들이 직접 청취자에게
전달할 내용을 문자로 보내기도 한다.

상품을 전달하는데 필요한 정보를 알려 달라거나, 전화
연결이 가능한지, 사연에 더 궁금한 내용이 있으면 묻

는 정도가 보통인데 저 문자를 보낸 청취자에게 긴 답
장을 써 주고 싶었다.

서울에 오신 걸 축하드려요.
혹시 급하게 준비하게 되신 건가요?
회사가 종로라고 하셨는데, 신림동이면 교통편이 애매
하긴 하네요. 서울에 처음 올라오는 분들이 대부분 신
림동에 집을 구하는 경우가 많아요.
먼저 서울에 올라간 친구들이 신림동에 있으면 특히 더
그렇죠. 친구들의 '우리 동네 살기 좋아' 란 말에는 함
정이 있어요. 그 사람 생활 반경이 신림동 주변에서 해
결이 되거나, 그냥 오래 살아서 편하단 말이지 꼭 나도
그 동네가 좋을 거란 법은 없거든요.
그리고 방값이 서울 다른데 비해서 싸다는 생각을 많이
하는데, 꼭 그렇진 않아요.
고시원 수준으로 좁은 방이 많고, 오래된 건물이 많아서
깨끗한 집을 구하기도 쉽지 않아요. 그래서 그나마 있
는 신축 빌라들은 방 크기에 비해서는 조금 비싸요.
걸어서 신림역을 갈 정도가 아니라면, 교통편도 좋지
않죠. 지하철을 타려고 버스를 타고 나가야 하는 수고
가 매일이면 꽤 빨리 지치게 되거든요. 더구나 그 버스가
얼마나 헬인지는 안 봐도 헬이네요.
신림에 자취방을 얻을 돈으로 생각보다 서울 곳곳에 방

을 구할 수가 있어요.

사는 곳이 불편하면 지금부터라도 천천히 방을 알아보시는 것도 좋아요.

1년 계약이라 중간에 나갈 수가 없다구요?

집 주인이랑 얘기를 잘해 보는 것도 방법이구요, 부동산에 내놓고 새로운 세입자가 구해지면 중개 수수료 정도만 내고 얼마든지 계약 전에 나올 수 있어요. 처음 자취를 하게 되면, 이걸 모르는 분들이 많더라구요.

방이 마음에 들지 않는데 그냥저냥 정붙이고 산다는 건 참 힘든 일이에요. 그 자취방이 앞으로 서울에서 유일하게 쉴 수 있는 공간이 될 테니까요.

방을 새로 알아보고 싶은데 서울엔 아는 사람도 없고, 아는 동네도 없어서 걱정이라구요? 부동산 어플만 깔아도 내 수중에 있는 돈으로 서울 어디에 어떤 방을 구할 수 있는지 얼마나 편하게 볼 수 있는데요. 아! 그 어플들 너무 믿진 말구요. 꼭 그 동네 부동산엘 직접 찾아가 보셔야 해요. 허위 매물이거나 이미 빠진 방일 수도 있거든요. 대신 그 동네 부동산엘 가면 어플에서 본거랑 비슷비슷한 방들을 보여 줄 거예요.

미리 알았다면 더 좋은 방을 구하셨을 수도 있을 텐데…

혹시 알고 계셨어도 상황이 급해서 일단 올라오는 것 일수도 있겠지만요.
시행착오는 어쩔 수 없죠. 차마 이런 얘기를 방송에서 다 할 수는 없어서 DJ가 직접 응원해 드리진 못할 테지만, 저라도 응원 합니다.

라고 쓰려다가… 다 지우고
"DJ가 xx씨를 응원 합니다!"

#4

그 여잔 누구야?
어디서 왔대?

저요? 잠실이요

늘 힘들단 말만 달고 살던 그녀의 입에서 힘찬 응원이
쏟아져 나왔다.
우리 팀이 이겼다며 활짝 웃는 날도 있었고, 지더라도
어둡지 않은 표정으로 맥주 한 캔 정도는 더 마시고 들
어가게 되는 날. 야구 경기가 있는 날이다.

그녀는 누구보다 봄을 기다렸다.
정확히는 다음 시즌이 시작되기를 기다렸다.
평소 조용한 그녀에게 먼저 관심을 주는 남자는 없었다.
하지만 어디선가 야구 얘기가 들린다면, 상황은 조금
달라진다.

공수 교대.
선수 이름은 물론이고, 지난해 타율이 어땠는지.
그때 부상 때문에 2군에 얼마나 있었고, 몇 년도에 어
디서 이적해 왔는지까지.

야구가 몇 명이서 하는 게임인지 관심도 없을 것 같던 그녀의 반전 매력이랄까.
그녀가 야구 얘기를 꺼내면 남자들은 모여들었다.
마치 그녀를 테스트하듯 어려운 공을 마구 던지는 남자들에게 신나게 방망이를 휘두르던 그녀가 슬쩍, 삐끗한다. "왜 우리 팀을 좋아하냐구요? 음… 집이 잠실이랑 가까워서요."

맞는 말이다. 그녀의 고향에는 야구장이 없다.
당연히 연고가 있는 야구팀도 없다.

충남 당진. 그녀 말대로 고향집에서 일직선 거리로 가장 가까운 야구장은 대전에 한밭 운동장이 아니라 서울 잠실 운동장.
그래서 그녀는 서울에 오기 전까진 야구 같은 건 관심도 없었다.

막 시작한 서울 생활로 힘들어하던 시절, 어쩌다 친구
손에 끌려오게 된 야구장.
그녀는 처음 와 본 이곳이 좋았다.
여기선 그녀를 낯설게 바라보는 사람이 아무도 없었다.

고향이 달라도, 사는 동네가 달라도 우리는 같은 팀이
고, 그래서 어깨동무를 할 수 있는 곳.

오지 말았어야 할 파울볼에도 사람들은 즐거워했다.

근데, 마산이 어디야?

그녀의 고향은 경남 마산이다.

이제는 창원으로 불리는 곳이지만 가끔 그녀를 마산이라고 부르는 상사들 때문에 회사에서 그녀의 고향을 모르는 사람은 없다.

그래서 유독, 그녀의 이름을 기억 못하는 사람이 많았다. 가끔은 "경남! 부산! 울산! 저기 뭐야, 대구였나?"

누군가 헷갈려 하는 사람이 있으면 옆에 있던 동료가 친절히 "거기가 아니라 마산이요! 마산! 마창진할 때 마산!" 그리곤 애써 못들은 척하던 그녀의 책상을 톡— 두드린다. 대신 대답해 줘서 고맙지? 하는 눈빛까지 슬쩍 건네면서.

가끔 실수 때문에 큰 소리를 들어야 하는 날에는 고향이 마산이 아니라 공주나 진주, 문경 같은 곳이면 어땠을까 생각했다고 한다.

마산을 떠난 지는 이제 10년도 넘었다는 그녀. 서울 태생인 그녀의 아버지가 어쩌다 마산 여자를 만나 결혼을 하게 됐는지, 어쩌다 거기에 자릴 잡고 살게 됐는지. 그녀는 들어본 적도, 물어본 적도. 궁금한 적도 없었다.

그녀가 말을 하면 남자들은 늘 되물었다.
'서울에 온지는 얼마나 되셨어요?'

서울에 사는 그녀의 고향은 마산이다.

그리고 이름은…

뭐였더라?

미안해, 파주

"넌 매일, 뭐가 그렇게 바빠?"

그녀가 주변 사람들에게 가장 많이 듣는 말이다.
오늘은 이랬고, 내일은 이래. 라고 말을 하면 사람들은
'아무리 그래도 그렇지'라며 섭섭해 했다.
그나마 섭섭하다면 다행이지 사회생활 그렇게 하는 거
아니라며 허튼소리가 돌아오는 것도 다반사.

미안해.
왜 미안해야 하는 진 모르겠지만 대화를 최대한 줄일
수 있는 조금 편한 말을 찾아내긴 했다. 그냥 미안한 쪽
이 백번 더 편하다.
그래서 그녀는 늘 미안했다.

1교시가 수업이 있는 날이면 수업 시간에 쫓겨서, 쓸데
없이 조 모임이 길어질 때면 아르바이트 시간에 쫓겨서,
커피 한 잔, 술 한 잔을 앞에 두고도 막차 시간에 쫓겨서,
그녀는 서울에 사는 친구들보다 늘 먼저 일어나야 했다.

지하철과 버스를 여러 번 갈아타는 동선이 부담스러워서 약속을 잡는 곳은 대부분 경의선이 다니는 홍대, 아니면 광역 버스가 있는 신촌, 광화문.

천호에 산다고 했었나? 그녀에게 관심을 보이는 남자가 있었다.
그녀도 관심이 있었지만 매번 자기가 있는 곳으로 와달라고 말할 염치가 없어서 그녀는 또, "오늘도 바쁘네요, 미안해요."

고작 막차 시간 때문인 건 조금 억울했지만 어쩔 수 없었다. 그녀는 늘 바빴고, 그래서 늘 미안했다.

새벽 한시 반. 그녀가 텁텁한 얼굴에 세안제를 막 비볐을 때, 빼꼼히 화장실 문을 열고 그녀의 엄마가 말했다.

"자취방 보증금 조금만 더 기다려 봐, 엄마가 좀 바빠서 아직 못 알아봤어, 미안해. 그래도 고시원은 안 돼. 엄마 맘 알지?"

그녀가 얼굴에 묻은 거품을 씻어 내고, 거울을 들여다본다. 문틈으로 들어오던 거실불이 꺼지고, 안방 문 닫히는 소리가 들린다.

'미안해는 내 건데. 왜 엄마가 미안해, 파주가 뭐가 미안해.'

그녀의 섬, 서울

육지의 환상은 이미 사라진지 오래다.
그래도 그녀는 더 그럴듯한 남자를 만나고 싶었다.

친구들에게 걸려오는 전화에 눈을 부릅뜨고 누구냐고
물어보진 않았으면.

특가 비행기 표가 생겨 잠깐 집에 다녀오겠단 말에 주말
에 약속했던 영화는 어쩔 거냐며 서운해하지 않았으면.

하루만 더 있다가 올라가겠단 말에 나랑 같이 있는 것
보다 거기가 좋냐며 말끝을 흐리지 않았으면.

결혼을 하게 되면 식장은 꼭 서울로 잡아야 한다면서
일어나지 않은 일을 미리 걱정하지 않고, 함께 술을 마
시고 바래다주는 길에 다른 이유가 없길. 결국 그럴 거
라면 사랑한단 말이라도 해 주기를…

적어도 이보다는 그럴듯한 남자를 만나고 싶었을 뿐.

서울 하늘 아래 그녀만의 섬이 놓여 있다.
언젠가 술에 취한 그녀가 말했다.

어쩌면 서울은 많은 섬으로 이뤄진 도시가 아닐까.

그만 좀 따라와

제주도 게스트하우스에서 만난 그녀.
얘기를 나눈 건 어제 저녁, 아주 잠시였다.

대학병원 간호사인 그녀는 병원 사람, 병원 관계자, 아
픈 사람 없는 곳이라면 어디라도 좋을 거란 생각으로
여행을 왔다.
하지만 처음 와 본 여행지, 첫 날 게스트하우스에서 얼
굴도 아는 대학 선배를 만나게 될 줄이야.

이런 불행은 이제 대수롭지 않은 일이었다.

중고등학교 시절. 그녀는 고향을 떠나고 싶어서 열심히
공부만 했다.
친구들 다 하는 연애를 한 번했을 뿐인데, 그 남자애와
헤어지고 더는 학교를 다닐 수 없을 만큼 나쁜 소문들
에 휩싸였다. 그저 연애 한 번했을 뿐인데…
소문을 퍼 나르는 아이들은 절대 오지 못할 대학에 가
려고 2년을 공부만 했다.

겨우 도망쳐온 서울의 대학교.
하지만 거기서 그 남자애의 친구를 만나게 됐다.
남자도 몇 명밖에 없는 과에 하필 왜…

그 이후로 세상의 모든 불운은 오직 나만을 따라온단 생각이 들었다.

기숙사에서 제일 피하고 싶던 선배와 같은 방을 배정받게 됐을 때도, 마트에서 하필 밀가루가 계산대 앞에서 터져 버렸을 때도.

불행은 늘 나를 따라오는구나. 피할 수 없는 게 숙명이 겠거니 그렇게 생각하는 수밖에.

그녀는 가장 먼저 잠들고, 가장 먼저 일어나 서울로 돌아갔다. 또 다른 불행이 눈을 뜨고 그녀를 찾기 전에.

출퇴근은 KTX

혼자 그렇게 된 거라면 회사에 얘기라도 해 볼 수 있었 겠지만 팀 전체가 서울에 있는 사옥으로 이전해야 하는 조직 개편이었다.

그녀는 서울로 발령이 났다. 고민 끝에 그녀는 매일 KTX로 출퇴근 해야겠구나… 마음을 먹었다.
회사 사람들도, 친구나 가족들도. 심지어 나도.
그녀의 선택에 좋은 소리를 해 주는 사람은 없었다.
원래 집이 천안도 아니고, 어차피 자취를 하는데 굳이 천안에서 서울까지 출퇴근을 하고 다닐 이유가 뭐가 있 느냐고.
그래도 그녀는 천안에 남겠다고 했다.

회사 입장에서도 직원 주거 비용보다는 KTX라도 출퇴 근 비용을 지원해 주는 편이 낫긴 했다.
배차 시간이 좁지 않아서 그렇지 회사가 서울역이랑 멀 지 않아서 사실, 일산이나 분당에서 출근하는 거랑 출 퇴근 시간도 별 차이가 없긴 하다.

그렇지만, 그래도!

천안에서 서울까지 매일 다니는 게 쉬운 일이냐며, 그녀는 아무 말도 하지 않았지만 회사에선 천안에 애인이 있는 걸로 정리가 됐다.

유일하게 그녀의 선택을 반긴 건, 기타 동호회에서 만나게 된 천안 친구들뿐이었다.

다들 기타가 배우고 싶어서라기보다는 퇴근 후에 뭐라도 해 보고 싶어서. 동호회에 나가면 친구를 사귈 수 있다길래. 혹은 여기서 만나 연애를 하는 사람들도 있다길래 호기심에 나온 사람들이다.

그중 타지에서 천안으로 올라온 그녀의 또래끼리 작은 모임이 하나 생겼고, 그 안에서 정말로 연애를 하며 몇몇이 빠져나간 뒤에 남은 게 그녀의 친구들이다.

이제는 가끔 고등학교 동창인가, 헷갈릴 만큼 가까운 사이가 된 그녀들은 말했다.

"퇴근하고, CU앞에서 캔맥 같이 먹을 사람은 있어야지. 그게 사는 거 아니냐?"

이마저도 포기하며 살 순 없었다.

아무리 서울이 사람 많고 좋다지만, 이 친구들을 대신할 사람들을 또 만날 수 있을까? 아직 이만한 사람들을 대신할 누구도 그녀 곁에 나타나지 않았다.

매일 서울과 만나고 헤어지는 일의 반복.

해가 뜨면 서울로
다시 해가 지면 서울을 떠나는
그녀의 출퇴근은 KTX.

배수지, 구하라

"몰라! 모를 거다! 알면 어쩔 건데? 왜 모를 거라고 생
각해?"

그녀 앞에선 "너 그거 알아?"로 시작하는 말을 조심해
야 한다. "그거 알아?"는 "너 이거 모르지?"와 같다며.
애초부터 물어보는 게 아니라 알려 주겠다는 뉘앙스가
잔뜩 깔린 그 말투를 무척 싫어했다.
하여튼, 남자들은 뭐 그렇게 아는 게 많으신지.
꼭 그렇게 아는 체를 해야 직성이 풀리는지.

친구들도, 회사에서도, 심지어 소개팅에서 처음 만난
남자들까지…
"그거 알아요?" 하고 물어보는 말에는 아주 이골이 났다.

그런데 하필! 카페에서 우리 옆자리에 앉은 남자가 자
기 여자 친구에게 '너 그거 알아?' 화법으로 말을 시작
했다!

"너 그거 알아?"

"뭐?"

"지명에 고을 주(州)가 들어가는 동네 여자들이 예쁘대.
청주, 광주, 경주, 진주, 공주, 여주…"

"왜?"

"옛날로 치면 큰 고을이 있던 동네라는 거지.
그때 나름 힙한 동네에 살던 사람들이라 양반들도 훨씬
많이 살았고, 뭐 강남에 미인들 많은 그런 느낌인거지.
잘 먹고 잘 입고 다니던 사람들 유전자니까."

옆 자리 애길 가만 듣던 그녀가 갑자기 웃는다.
분명히 아까 표정이 안 좋았는데?
아…

그녀의 고향은 "광주"다.

훗.

수원이 좋았는데

그녀의 지갑엔 남들은 잘 없는 카드가 한 장 있다.
기차 정기권.

수원에서 영등포로, 그녀는 몇 년 동안 기차를 타고 출퇴근을 했다.
회식을 마치고 들어간다던 그날.
그녀는 서둘러 내 전화를 끊었다.
말을 하면 기차에서 술 냄새를 풍기게 될까 봐.
그녀는 기차 한 귀퉁이에 겨우 자리를 잡고는 나에게 다시 문자를 했다.
너무 피곤해서 잠들 것 같으니까 계속 문자를 해 달라고.

종종 기차를 놓치거나 놓치기로 마음먹은 날들이 있었고,
택시비로만 한 달에 20만 원을 넘게 썼던 다음 달.
그녀는 회사 근처 고시원을 찾아갔다.

처음 고시원 방을 보고 들었던 생각은.
'차라리 기차 바닥에 앉아 쪽잠을 자는 게 낫겠다.' 였다.

그나마 살만한 방은 60~70만 원. 여기에 월급에 1/3이나 되는 돈을 쓸 순 없었다.

결국 그녀는 결혼을 위해 모아 두던 적금을 깨서 영등포역 근처에 작은 원룸을 얻었다.
다음 해에 그 방을 재계약 할 때는 처음으로 결혼을 생각했다.

혼자선 할 수 없지만 둘이라면 가능할지 모를 일들.
퇴근하고 마트에서 같이 장을 봐서 저녁을 해 먹고.
거실 불을 끄고 방으로 들어가 침대에 눕는 것.
주말이면 밀린 빨래를 베란다에 널어 두고, 긴 소파에 누워 평일에 못 봤던 드라마 재방송을 보는 것.

이를테면 서울에 있는 아파트에 사는 일.

혼자 아무리 열심히 벌어도 해낼 수 없는 일이지만, 둘이라면 가능할 것 같았다.

이번 주말. 그녀는 소개팅을 받기로 했다.
그녀는… 외롭지 않다.

되고 안 되고를 떠나서

꿈.

큰돈을 벌 수 없단 걸 알지만, 포기할 수 없는 꿈이 아직 있다.

서른하나.

일을 해야 하는데 이제 웬만한 아르바이트는 나이 제한에서 이미 막혀 버리고 만다.

취직.

월급이란 게 얼마나 끊기 어려운 건지 아는 이상, 서울에서 다른 일을 시작할 순 없었다.

어쩌면 영영 원하지 않던 그 일을 하게 될까 봐.

대구.

다시 내려가야 했다.

서울에서 1~2년 정도 지낼 수 있는 돈을 모으려면.

친구가 일하는 공장에 생산직 아르바이트가 있다고 했다.

월 45.

어떻게든 45만 원은 벌어서, 서울 자취방 월세는 내야
한다. 감을 잃지 않기 위해 일을 쉬는 주말이면 그녀는
서울에서 지낸다. 이 작은 방 한 칸도 내 것이 아니게
되면 그동안 서울에서 지낸 시간이 아무것도 아니게 될
까 봐. 그래서 어떻게든 지켜 내야 하는 그 공간은 월
45만 원이다.

말이 안 된다는 걸 그녀도 알고 있다.

이 얘길 듣는 누구보다 더 답답한 건 자기 자신이다.

사람들을 만날 때마다 속상해질 때가 많았지만, 그렇
다고 울진 않았다. 울어 버리면 모든 걸 인정하는 것
같아서.

그녀는 부탁했다.

그래도 된다고.

잘됐으면 좋겠다고.

그런 말을 해 주면 안 되겠냐고.

되고 안 되고를 떠나서…

목포는 항구다

바다가 보고 싶다며 무작정 차를 모는 사람들을 그녀는
이해할 수 없었다.

"여기가 우리 집 베란다고. 저기가 바다야. 보여?"

본가에 내려갔다는 그녀가 영상 통화를 걸어오기 전까
진 나도 그녀를 이해할 수 없었다.

베란다에서 바로 내려다보이는 바다와 배가 드나드는
항구. 적막한 밤이면 방에서도 들리는 파도 소리.
창문을 열면 스며들어 오는 바다 냄새.
왜 사람들이 답답하면 바다를 보고 싶어 하는지 그녀가
모를만했다.

그녀의 바다는 여의도에 있다.
목포에선 볼 수 없는 야경이 보이는 곳. 50층에 있는
높은 식당에서 내려다보이는 서울이 그녀의 바다다.

환하게 붉을 밝힌 오징어잡이 배처럼 빛나는 건물들.
그 건물의 끝에 걸려 어렴풋 보이는 수평선. 강을 사이
에 두고 파도처럼 한쪽을 향해서만 달리는 차들.
저 아래 어딘가 분명 있을 텐데, 눈으론 보이지 않는 사
람들. 그녀의 바다는 여기서 보면 분명 아름답다.

자, 이제 바다로 내려가자.
식당을 나와 1층으로 가는 엘리베이터는 기압 때문에
귀가 멍멍해질 만큼 빠른 속도로 입수를 시작했다.
이 바다에 가라앉지 않기 위해 열심히 발을 굴러 보지
만 어느새 숨이 턱 막혀 오는 현실.
이번엔 얼마나 참을 수 있을까?

답답하면 말해.
우리 다시 바다 보러 가자.

여기 시원이요

어쩌다 일주일에 한두 번씩 찾게 된 동네 술집.
일행이 잠깐 화장실에 간 사이에 사장님과 몇 마디를
나누게 됐다.

"요즘 투잡 아닌 사람이 어디 있어요. 여기 사장님이
아는 언닌데요, 그래서 일주일에 두 번씩만 나와서 아
르바이트해요."

어쩐지 사장님 치곤 너무 어려 보인다 싶었고,
금요일 밤에 손님이 없는 것 치곤 표정이 밝다 했다.

고향 친구가 올라왔던 날에도 그녀가 가게를 지키고 있
었다. 친구가 시원 소주가 없냐고 묻자, 그녀는 고향이
부산이냐고 물었다.
아니라고 하자 조금 머쓱해 하는 게 보였다.

며칠 후, 그날은 일행이 늦는 바람에 그녀와 꽤 오랫동
안 얘기를 나눌 수 있었다.

그녀는 소주로 채워진 냉장고에 비스듬히 기대서서 물었다. 시원 소주를 마셔 봤냐고.

왜 부산이 고향이냐고 물었는지 그제야 알았다.
충북 지역 소주 이름은 원래 '시원'이었는데, 부산 C1 소주와 헷갈려서인지 언제부터 '시원한 청풍' '청풍소주'로 이름이 바뀌었다.
면적으로 보나, 인구수로 보나, 지역 인지도로 보나, 어디가 이름을 바꿔야 하는지 너무 보이는 게 억울하긴 하지만. 그래도 아직 충북에 내려가면 식당에서 '참이슬 드려요 시원 드려요?'라고 물어보곤 한다. 그러면 충북에 놀러 온 사람들은 '이 가게는 부산 소주도 파나봐'라고 신기해한다.

친구가 물었던 시원 소주는 충북 소주였고, 그녀는 C1 소주를 생각했다.

'어떻게 소주 이름이 똑같을 수가 있지?'

신기할 만한 일인가? 뭐, 나도 신기하다.
시작이 소주 이름이라니.

2015년 2월 1일 4시 5분

방송국엔 주준영이 없었고, 나도 정지오 같은 허우대가
아니어서 방송국은 그들이 사나, 이들이 사나 다 똑같
은 사람 사는 세상이었다.

그렇다고 암만 말해 줘도 안 믿는 사람들의 환상을 밥
으로 먹는 방송국 사람들이 그 맛에 담배를 못 끊고, 술
을 먹다가 객사할 것 같은 추운 새벽.

.

.

.

얼마나 춥고 외로웠으면
이런 걸 메모장에 써 놨을까 싶은
2015년 2월 1일 4시 5분.

#5

근데 왜?
잘 안 됐어?

고백해도 괜찮을까?

아직 막차 시간 전이라고,
너 들어가는 거 보고 간다고.

'올 수 있으면 와' 라고 하길래
운동화를 꺾어 신고, 정말 간다고.

내일 아침엔 조금 일찍 나가야 해서
네가 잠들고 나면, 새벽에 먼저 나가야 할 텐데.

결코 가깝지 않은 5호선의 끝과 끝.
새벽에 타면 택시비가 얼마쯤 나올까?
그게 한 달에 몇 번이면… 그 정도면 뭐,

고백해도 괜찮을까?

빠라빠빠빰

오늘은 딱히 볼만한 영화가 없었고,
뮤지컬은 우리가 보기엔 조금 비쌌다.
먼지가 많다고 해서 한강에 나가자는
약속을 미뤘던 그날 밤.

갑자기 햄버거를 먹으러 가자고? 이 새벽에?

밤공기는 좀 괜찮다더라.
밖에 달 예쁘더라.
'하고 싶은 말 있는데 한 잔 할래?'도 아니고,
그냥 햄버거가 먹고 싶다고?

진짜 그냥?
그게 우리가 만날 이유가 돼?
이 새벽에?

몹쓸 밤

누구는 보고 싶은 사람에게 목메어 전화를 걸다
돌아갈 막차를 놓쳐서 서성이고,
누구는 보고 싶은 사람에게 달려가고 싶어
첫차를 기다리던 밤.

어느 쪽이든 애태우는
몹쓸 밤이었다.

더 많이 좋아한 건

의무감으로 주고받는 연락 정도는 서로 벗어나게 해 주는 게 배려라고 생각하는 사이지만, 금요일 밤. '내일 어디서 볼 거야?'라는 연락조차 없을 때면 조금 섭섭한 감정이 드는 건 어쩔 수 없다.

하루를 꼬박 기다린 대답은, 새벽 4시에 걸려 온 부재중 전화 한 통. 계산이 복잡해진다. 나는 겨우 문자 한 통이 다였고, 전화를 못 받은 건 내가 되는 상황. 결국, 소홀해진 건 내가 되는 아침.

예전에도 많이 다투긴 했다.
더 좋아하는 건 나라고. 내가 이만큼은 널 더 좋아한다고.
지금도 비슷하게 다투고 있는 우리.

더 많이 좋아한 건 나라고.
나는 너보다 이만큼 더 노력했다고.

반짝반짝, 혹은 깜빡깜빡

오지 말라고 했지만, 가겠다고 고집을 피운 건 나였다.

주유 등에 불이 반짝거리는데도,
여기까지 왔는데 집에는 바래다줘야 한다고,
기름을 넣고 가자고 했지만,
나는 괜찮을 거라고 고집을 피웠다.

주유소를 두 군데나 지나치고 나서
결국, 차는 멈춰 섰다.

주유 등은 여전히 깜빡이고 있었다.

더 갈 수 있다는 게 아니라
멈출 땐 좀 멈추라는 신호였나 보다.

내가 고집을 피워서
우린 결국… 그렇게 됐다.

그런 사람은 없었다

집에 들어왔을 때 제일 먼저 나를 반겨 주는 건,
현관에 달린 센서 등이다.

너무 쓸데없이 켜질 때가 많아서
아예 전구를 빼놓기도 했지만,
그 잠깐의 어둠이 불편해서
다시 전구를 꼽았다가 다시 뺐다가…

그 잠깐 때문에
한동안 놓지 못한 사람이 있다.

내가 필요한 순간에만 곁에 있어 줬으면.
어둠 속에 있을 때 손만 뻗어 올리면
내 마음을 알아채 주는.
그 어둠속에서 오직 나만 기다려 줄 수 있는

그런 사람은 없었다.

어떻게 왔어?

- 어떻게 왔어? 차 끊겼잖아.
- 막차 타고 왔어…
- 조금 있으면 사장님 온 단 말이야.
  너 이러구 있음 안 돼.
- 걔랑 친해 보이더라?
- 응. 나 친해.

버스 막차가 끊기면 집에 어떻게 가야 할지 막막해지는 딱 그 나이쯤으로 보이는 남자가 카페에서 알바 중이던 여자를 찾아왔다.

남자는 아무 말도 하지 못했다. 그저 버티고 앉아 있을 뿐. 여자도 마찬가지. 아무 말 없는 남자 옆에서 고개를 푹 숙이고 있을 뿐이었다.

마감 청소를 동료에게 떠맡기고 2층으로 올라온 그녀보다 백팩을 끌어안고 앉아 있는 남자가 더 초조해 보였다.

– 왜 또 왔어?

– …

– 끝나면 바로 터미널로 갈 거야. 월요일에 휴강이라
  집에 내려가기로 했어.

할 수 있는 땡깡은 다 피우다가도 "엄마 그냥 간다."
는 말에 아이가 엉덩이를 털고 일어나듯. 남자는 일어
났다.

그 와중에도 남자의 머릿속은 복잡했을 거다. 여기서
터미널까지 가는 택시비는 얼마고, 첫차는 언제일까.
남자는 이미 그녀를 터미널에 바래다주고 다시 집으로
돌아갈 버스 번호까지 떠올렸을지도 모른다.

– 이 시간에 집엔 어떻게 갈 거야. 일단 나와 봐.

여자가 멀뚱히 서 있는 남자의 팔을 잡아끌고 카페 밖
으로 나가자 사람들은 책장을 넘겼고, 화장실에 갔고,
전화기를 손에 들었다.

그 남자, 새벽 늦게까지 어딘가를 걷고 있진 않았을까?
가방이 무거워 보였던 게 내심 마음에 걸린다.

다음 날, 생각보다 어깨가 뻐근하고 아플 텐데.
분명 오래 걸었을 텐데…

미안은 한데

'미안은 한데.' 라고 하길래 등을 떠밀고 문을 닫았다.
'잠깐만' 하고 문을 두드렸는데, 침대에 파묻혀서 머리
끝까지 이불을 덮었다.

'넌 왜 서울에 있어서는, 내가 당장 갈 수도 없고.'
멀리 있는 친구가 괜찮냐며 전화를 걸어서 물었다.
너 지금 괜찮냐고. 그렇게 보내도 정말 괜찮겠냐고.

괜찮아, 괜찮긴 한데…

'여기 옷을 두고 갔는데 저걸 어떡하지.'

벽

무의식적으로 벽에 테니스공을 튕기고 있었다.
옆방에서 벽을 세게 두드리는 소리를 듣고서야
남자는 밖으로 나가 막다른 곳을 찾았다.

아무도 뭐라 할 사람이 없을 텅 빈 주차장에서
남자는 더 세게 공을 던졌다.

그때 그 말은 그냥 벽을 보고 한 말이었다.
다시 받으려고 했다.
손에서 공이 빠지듯 어긋나 버린 그 한마디가
그녀를 부딪치고 잡을 수 없는 곳으로 튀어 버렸다.

공은 어디로 사라졌을까.

그때 남자는 절대 헤어지려고 했던 말은 아니었다.

한 정거장 거리

잠깐 딴생각을 하는 사이에 또 한 정거장을 그냥 지나쳐 버렸다. 어제는 반대편에서 버스를 타고 되돌아왔는데, 오늘은 돌아가는 막차가 끊겼다.

'이렇게 추운데 한 정거장이나 걸어가야 하다니.'
요즘 종종 내려야 할 정류장을 놓치곤 한다.

예전엔 한 정거장만 지나쳐도 정말 큰일이 나는 줄 알았다. 서울은 아직 낯설어서 버스를 타는데도 큰 용기가 필요했지만 버스가 더 편하고 가깝다는 걸 알려 준 건 그 사람이었다.

처음으로 정류장을 지나쳐 버린 그날은 돌아가는 길을 찾을 수는 있을지, 또 얼마나 걸리는지도 몰라서 많이 초조했었다. 하지만 되돌아가는 길은 생각보다 어렵지 않았고, 되돌아가는 길이 익숙해지는 것처럼 그 사람에게 다시 돌아가는 것도 점점 익숙해졌다.

싸우고 나면 다신 안 볼 것처럼 화를 내고, 헤어지잔 말을 먼저 하고. 아무리 심하게 대해도 언제든 돌아갈 수 있는 사람. 언제든 다시 돌아갈 수 있는 길이겠거니…

손이 시려 주머니에 넣어 둔 캔 커피가 잠깐 사이에 많이 차가워졌다.

점점 추워질 텐데 이제는 더 기다리지 말아 줬으면, 차라리 그래 줬으면.

누구라고?

일을 하다가 만났거나,
술자리에서 인사 한 번 했던 이름 같기도 했다.

 '아까 누구라고 했지?'
다시 그 이름이 나왔을 때 자리는 조금 차가워졌고,
말을 꺼낸 사람은 아차 싶은 표정을 지었다.
그제야 그 사람이 생각났다.

다신 떠올리기 싫어서 애쓰다 보면,
정말 기억이 지워지듯 잊고 살게 되는 경우도 있다.
근데… 나만 그런 거라면?

정말 잊고 싶은 기억이라면
반드시 기억해야 하는 이유도 있다.

똑같은 실수를 반복하지 않으려면.

토이 크레인

지이잉—

한밤중에 들리지 않던 기계 소음이 들려왔다.
설마, 데스크톱이 고장 난 건 아닐까, 아직 집에서 가져
다준 김치가 그대론데 냉장고가 고장 난거면 어쩌지?
원룸 계약 옵션으로 묶여 있는 에어컨이나 TV가 말썽
이라면, 으… 정말 생각도 하기 싫다.

번쩍 일어나 둘러봤지만 내 방에서 나는 소리는 아니
었다. 창밖에서 들리는 소리 같은데?

낮에는 먹자골목인줄 모르고 덜컥 계약했다가 밤에 깜
짝 놀랐던 동네.
내비게이션도 길을 못 찾는 고불고불한 골목길.
우리 집도 못 찾아올 만큼 다 비슷하게 생긴 원룸 건물들.
그중에 하필, 우리 집 맞은편에 인형 뽑기 기계가 들어
왔다.

지이잉-

기계는 몇 분 간격으로 계속 지이잉-

음식점도, 집 앞 카센터도, 그나마 불 켜진 해장국집 이
모도 TV를 끄고 꾸벅꾸벅 졸고 있는데, 계속 지이잉-

신경이 조금 곤두선 날엔 내려가서 코드를 확 뽑아 버
릴까 생각도 했었다.

'제가 며칠 봤는데요, 새벽에 여기 사람도 없구요. 인
형 뽑는 사람도 없더라구요. 동전 모인 거 보이면 아시
겠지만 새벽엔 코드를 뽑아 두는 게 어떠실지…'

메모를 남겨 놓을까도 생각했지만 글씨가 너무 악필이
라 또 참았다.

두더지 게임처럼 점수가 나는 게임도 아니고, 펀치처럼 세게 치면 뒤로 넘어가는 게임도 아니고. 잡힐 듯 잡힐 듯 잡히지도 않는 인형 뽑기라니. 아니 고백을 했으면, 기다 아니다 여야지 웃기는 왜 웃어?

택도 없다고, "미안, 오빠 아니야."
차라리 말이라도 해 줬으면 마음이라도 진작 접었을 텐데 이건 뭐, 말도 아니고 그냥 지이잉-

지이잉-
지이잉-

장마라더니

더 오면 꿉꿉해진 이불을 어쩌나 싶을 만큼
아주 오랫동안 비가 내렸다.

부랴부랴 슈퍼에 가서 제습제를 사다 놓고,
안 보이는 벽 어디에 곰팡이는 안 생겼을지
걱정했는데,

온다더니.
차라리 말이나 말지.

장마라더니…

고백은 어떻게 하는 거더라

여자 친구, 남자 친구는 아니고,
'그냥 요즘 만나는 사람'

사귀는 건 아니고,
'그냥 썸타는 사람'

이도 저도 아닌 애매한 관계보다는,
'필요할 때만 만나는 그런 사람'

연애 말고도 대체할 수 있는
수많은 표현과 방식이 생기면서
오늘부터 1일이라며 날을 셀 이유가 없어져 버렸다.

만남은 있어도 고백은 없고,
헤어짐은 있어도 이별은 없는 사이.
어쩌면 아무것도 아닌 일.

하긴,
지나고 나면 아무것도 아닌 그때뿐인 감정.
그 이상도 이하도 아니었을지 모른다.

기승전결이 무너진 막장 드라마처럼
오늘도 남들이 비웃기 딱 좋을만한
어설픈 연애사를 써내려간다.

왜 이렇게 된 걸까?
내가 연애세포를 다 죽여 버렸나?

연애세포도 어쨌든 생명인데,
다 이유가 있어서 생겼을 텐데…

#6

괜찮아,
괜찮지?

결혼의 속도

'나는 멀어서 미안하게 됐다'며 주말 아침부터 축의금 전달해 줄 친구를 찾아 계좌 번호를 물었다.

내 주변만 그런지는 몰라도 확실히 지방에 있는 친구들이 더 빨리 간다. 여자애들은 이미 벌써, 남자애들도 곧. 서울에서 같이 일하는 사람들과 비교해 보면 확실히 빠른 나이다.

집값 때문일까?
남자가 집 한 채는 할 수 있어야 보편적인 혼사가 오갈 수 있다 보니 확실히 서울은 느릴 수밖에 없다.
이번에 결혼한 친구가 새로 장만했다는 아파트 값이 내가 사는 6평짜리 원룸 오피스텔 매매가와 별반 차이가 없었으니까(실화다). 지방에선 4대 보험은 되는 뭐 그런 직장. 부모님께 조금 손을 벌리고, 모아 둔 돈과 은행 대출이면 그럭저럭 전세 아파트 정도는 마련할 수 있다.
하지만 서울은 부모님이 다 해 주시거나 우리 시작은 조그만 대서 하자라는 넘치는 로맨스, 혹은 현실 감각

160

이 아예 없지 않고서야 보금자리 하나 마련하기가 쉽지 않다.

그래서인지 관사가 나오는 직업을 가졌거나 정말 잘 버는 친구가 아니고는 서른에도 결혼 못 한 남자애들이 수두룩하다. 아, 서른에는…

결혼의 속도가 다르다 보니 확실히 살아가는 속도가 달라진다.

이제 친구들마저도 선배들이 하던 소릴 한다. 나를 보고 자기밖에 모르는 철부지 같다고. 결혼하면 다른 세상이 펼쳐진다고. 그러다가도 늦게 가는 게 좋다며 결혼 못한 내가 부러움의 대상으로 마무리되는 술자리.
대체 결혼이란 게 뭐 길래 지들은 해 놓고 나보곤 하지 말라는 건지. 사랑하는 사람과 매일 함께 있을 수 있지만, 감수해야 하는 데이트 비용 같은 게 있는 건지.
매달 내야 하는 이자의 액수도, 개수도 늘어나는 게 정말 행복일 수 있는지.

아무튼, 지금은 아니라는 확신이 더 굳어진다.
(많은 기혼자들의 박수와 환호가 들려온다.)

그래, 서울에 살길 잘한 거야.
꽤 행복한 청춘을 보낼 수 있는 기회를 얻은 서울의 2-
30대여. 스스로를 뿌듯해하라.

.

.

.

명절이면 집에서 결혼 얘기로 스트레스를 준다더라 하
는 건 남 얘긴 줄 알았는데, 아빠가 슬슬 손주 얘기를
꺼내기 시작했다.
결혼할 사람만 데려와라.
이 집을 팔아서라도 너 집하나 못해 주겠냐고.

아빠 미안한데 그 집 팔아도 안 되니까 쫌…

30대의 신청곡

다 그런 건 아니지만,
사람들에게 듣고 싶은 노래를 틀어 주겠다고 하면

서울의 30대는 홍대 노래를 신청한다.
지방의 30대는 홍진영 노래를 신청한다.

절대 포기할 수 없는 나만의 생활 방식과
이제는 생활마저 내 것이 아닌 삶.
분명, 살아가는 속도가 조금 다르다.

지방에서 사는 건 조금 느긋하지 않냐고?
오히려. 더 빠른 걸 수도.

그래서 먼저 간 사람들은 그렇게 말한다.
'사는 게 다 그렇지 뭐…'

각자의 서울

꽤 많은 사람들은 스무 살보다 서른 살로 돌아가고 싶어 했다.

10대, 20대 초반은 이해하기 어렵겠지만 서른은 너무너무 젊은 나이란다(마흔도 충분히 젊다고).

게임으로 치자면 뭐랄까… 이제 막 일꾼 4마리로 자원을 캐는 게 스무 살 이라면 첫 번째 저글링, 마린, 질럿이 나온 순간이 서른 살이라고(물론 인생 4드론으로 달렸다면 조금 다르겠지만).

끝자리가 0으로 떨어지는 스무 살 만큼이나 서른 살은 예쁜 나이다. 예쁘지만 스무 살은 아니라서 노련하고, 마흔은 아니라서 매력적이다.

김광석의 서른 즈음에를 마흔은 되어야 공감할 수 있다는 2018년의 서울. 술자리에 모인 여러 사람들이 각자의 서른을 펼쳐 놓기 시작했다.

40대 후반, 드라마 작가의 서른 살에는 인생의 가장 큰 후회가 남아 있었다.

그녀는 신혼여행을 가지 않았다. 심지어 서울조차 벗어나지 못했다. 급히 넘겨 달라는 원고 때문이다.

여행은 그 후에 얼마든지 갈 수 있을 거라고 생각했다. 유럽으로 7년 넘게 유학 가 있던 친동생에게도 가 보지 못했다. 지금은 마음먹으면 당장 내일이라도 비행기 표를 끊고 날아갈 수 있는 유럽이지만 그때, 동생이 언니에게 보여 주고 싶었던 유럽은 이제 갈 수 있는 표가 없다.

30대 중반의 영상 출판 기획자.

그의 서른 살은 소소하게나마 행복했다.

꿈을 위해 막연히 올라왔던 서울. 고시원 생활을 전전하다가 겨우 셰어하우스에 방을 한 칸 마련했지만 옆방에선 개 두 마리가 짖어댔고, 또 그 옆방에선 밤마다 기타를 연습했다.

그 소리가 결국, 그를 반지하 원룸으로 떠밀었다.
허름했지만 내 힘으로 마련했다는 게 뿌듯하기만 했다.
곰팡이로 벽이 그득그득해지기 전까진…
눅눅한 반지하에 생활을 몇 년 버텨, 그는 서른에 회사
근처 2층 원룸으로 이사를 하게 됐다.
이사는 잘했냐, 집은 좋냐는 회사 선배의 문자에 그는
너무 좋아 죽겠다고. 2층은 장판 아래도 뽀송뽀송하고,
벽에 곰팡이가 없어서 행복하다고 답장 했단다.

서른 살,
하지 못한 아쉬움이 있는 나이.
서른 살,
어쩌면 당연한 일에도 행복을 느낄 수 있는 나이.

서른 살,
나와 당신이 지나고 있는,
혹은 지나온 나이.

행복해지는 방법

1. 야외에서 셀카를 찍는다.
2. SNS에 사진을 올리고 해시태그를 단다.
   #경리단길 #망리단길 #가로수길 #샤로수길
   #북촌 #서촌 #한강공원 #서래마을 #연트럴파크
   #암튼전래힙한동네
3. 좋아요, 댓글을 기다린다.

쉬는 날인데 딱히 약속도 없어서 누워만 있던 어느 하루.
저녁 7시가 넘어서 연락 온 친구와 건대에서 잠시 만
났다. 오래도 아니고, 커피나 하자며 한 20분? 아주 잠
깐. 사진을 하나 찍어 뒀었고, 집에 들어와 해시태그를
달아서 SNS에 올렸다.
#커먼그라운드 #늦은밤 #커피 #존맛

한 장의 사진과 해시태그. 사람들은 이것만 보면 쟤가 오늘 맛있는 거 많이 먹고, 하루 잘 놀았겠거니. 심지어 나도 피드를 다시 보고 정말 그렇게 하루를 보냈다는 착각이 들었다.

무료한 일상, 기분 전환이 필요하다면 아무 사진에 그냥 해시태그라도 달아 보자.

진짜, 한번 해 보시라니까?

손에 스마트폰을 쥐고 있으면서 뭘 망설여요. 다들 그렇게 하던데.

다 먹지도 못 할 거면서

요즘은 1인분 배달 음식도 많아졌다. 가격은 2인분이랑 별 차이가 없거나 최소 배달 가격을 맞추느라 어쩔 수 없이 1인분 두 개를 시켜야 하는 건 함정.

내가 사는 곳에서 시킬 수 있는 유일한 1인분 배달 음식은 현금으로 계산하면 배달해 주는 자장면이 전부다. 그래서 전화기에 유일하게 저장해 둔 식당 번호는 '매일향' 하나.

혼자선 어차피 다 못 먹고 남을 테니까 먹고 싶었던 치킨, 피자, 제육볶음을 포기할 때가 많았다.
그러다 '내가 이것도 못 먹어?' 하고 욱에 받쳐서 치킨 한 마리를 먹다보니 이제 혼자 1닭 정도야 우습다.
소화제가 상비약이 된 건 그때부터.

그래도 남는 음식은 냉장고에 뒀다가 먹어야지… 해 놓고 저녁이면 또 다른 음식을 시키곤 한다.
내일 먹어야지… 해 놓고는 어쩌다 생긴 밥 약속에 잊

을 때도 있다. 그러다 볼품없는 냄새가 나기 시작하는
냉장고 속 음식은 그냥 버리게 되는 일이 많다.

다 먹지도 못 할 거면서 배가 고파지니까 또 배달 음식
을 시켜 버렸다. 뜯지도 않은 반찬 팩과 어설프게 남은
국물. 다음에 먹자니 양이 어설프고, 지금 먹자니 배부
른 고기반찬. 이걸 어쩔까, 그냥 버리긴 아까운데…

돈이 아깝고, 고기라서 아깝고, 아무튼 뭐가 아까워서
버리지 못한 것들이 이 방안에 이미 가득하다. 그래. 남
은 건 그냥 버리자.

예전 여자 친구가 남기고 간 수건걸이, 쓰레기통.
새로 산 빨래건조대 뒤에 찌그러져 있는 전에 쓰던 빨
래 건조대. 예전에 살던 사람이 버리듯 집에 남기고 간
이케아 테이블.
언젠가 먼저 연락 주진 않을까? 기대했던 네 번호도.

한쪽만 남은 양말처럼, 길에 떨어져 있는 장갑처럼.
남은 것들은 늘 볼품없는 모습이다.

그래 버리자.
남은 건, 그냥 버려도 괜찮아.

행복하자 아프지 말고!

눈을 뜨자마자 이를 어째야 하나.
진짜 큰일이 났구나 싶었다.
몸살이다.

끈적이는 눈이 겨우 떠지긴 했는데,
하필 비가 와서 밖이 어둡다.

내가 없으면 삐거덕거릴 회사 일.
나 때문에 몇 번이나 날을 바꿨다가
겨우 다시 잡은 저녁 약속.
하필 어제 공인인증서 비밀번호를 세 번이나 틀렸다.
은행도 가야 하는데…
내일까지도 아프면 이번엔 또 무슨 핑계로
집에 못 내려간다고 하나…

어디 감기약이 있을 텐데,
먹고 조금만 더 자면 괜찮아질까?
회사엔 오늘 조금 늦는다고 말해 볼까?

근데 하루 종일 이러면 어쩌지?
지금이라도 얼른 병원을 갈까?
그래야 될 것 같은데,
너무 아프다. 병원엔 어떻게 가지…

아픈 건 난데 걱정해 줄 사람은 없고,
걱정할 일은 뭐 이렇게 많은지.
왜 하필 오늘 이래서,
비는 또 왜 오는 거야…

갑자기, 오늘이 생일이었으면 좋겠다.
뭘 해도 용서가 되는 날이었다면
맘 편히 아플 수라도 있을 텐데.

TV 속의 TV

기술은 가끔 쓸데없는 쪽으로 발전하기도 한다.

UHD TV를 아주 간단히 말하면 되게 좋은 화질로 TV
를 볼 수 있는 기술이다.
화질이 얼마나 좋은지 느껴 보려면 조건이 있는데, 한
60평 정도 되는 아파트 거실에 어울릴만한 대형TV.
그 TV를 거실 끝, 소파에 앉아서 보면 된다.
이 조건이 아니면 풀HD랑 별 차이를 느낄 수 없다.

뭐 다들, 그 정도엔 살지 않나? 아쉽게도 나는 그렇질
못해서 큰 TV로 볼 수 있는 고화질 기술보다는 그냥
TV 다시 보기가 빨리 제공되는 서비스면 충분하다.

원룸 생활을 하다 보면 TV를 둘 공간에 노트북이나 데
스크톱을 놓고 쓰는 경우가 많다.
그래서 TV없이 혼자 사는 사람들이 많다.
나처럼.
당신처럼.

그렇다고 TV를 안 보고 살 순 없어서 컴퓨터로 TV 프로그램을 보고, 침대에 누워 스마트폰으로 보기도 한다.

방이 작을수록 TV 크기가 작아지는 건 당연하다.
네모난 방, 네모난 침대 위에서 네모난 스마트폰 화면을 본다.

TV없는 삶도 좋은 점을 찾으라면 얼마든지 찾을 순 있다. 원하는 프로그램만 보게 되고, 광고를 덜 볼 수 있고. 채널을 여기저기 돌리며 낭비하는 시간도 줄어들고, 뭐 TV사는 돈도 아끼고…

구차함. 이것은 부끄러움이 아니라 새로운 뻔뻔함의 시작. 이렇게 기술은 또 한 단계 발전한다.

최악의 상황

물도 사 먹겠다고 비웃던 시절.

아니 그만큼도 말고, 딱 10년 전에 지금 서울의 미세먼지 상황을 예상했더라면 서울 인구는 꽤 줄지 않았을까? 10년 후에는 산소마스크 없이는 밖을 나갈 수 없는 척박한 모습을 상상하며 지구가 망했단 생각에 산 좋고, 물 좋은 어딘가로 다들 미리 떠났을지 모른다.

그럼 진작 수도권 집값도 잡았을 텐데…

하지만 공기가 아무리 나빠졌어도 서울은 아직 살만하고, 여전히 집값이 비싸다.

부모님이 걱정하는 나도 그렇다. 매일 아침밥을 거르고, 김치도 잘 안 먹어서 이러다가 큰 병이 날지도 모른다. 하지만 이렇게 10년을 살았는데도 부모님 걱정에 비하면 꽤 건강해서 가끔 머쓱할 때가 있다. 물론 매우 건강하진 않지만 이 정도면 그냥저냥 살만하다.

중학교 담임 선생님은 우리가 쓰는 말을 듣고 경악을
금치 못하겠다며 걱정하셨지만 그중에 어떤 애는 아나
운서가 되기도 했다.

걱정보다 더 큰일은 잘 벌어지지 않는다더니.
그 말이 어느 정도 맞긴 한가 보다.

지금 하고 있는 걱정 중에 최악의 상황이 벌어지는 일
은 드물 테니 긴장을 풀자.
아니, 그렇다고 방심하진 말고.
대비해서 나쁠 건 없으니까.

혼자가 좋아

그냥 치킨도 좋고,
어디서 포장해 온 맛있는 음식도 좋다.
맛있는 걸 책상 앞에 잔뜩 차려 놓고,
주말에 못 봤던 밀린 예능 프로그램을 보면서.
편의점에서 사온 맥주 한 캔, 아니면 언젠가 마트에서
사다 둔 6천 원짜리 와인도 좋다.
다 늘어난 티셔츠에 고등학교 때부터 입던 반바지.
세상에서 제일 편한 옷을 입고 가장 편한 자세로.
가장 행복한 시간이다.

그래서 요즘은 아주 맛있는 음식을 어디선가 먹게 된
다면 '누구랑 꼭 다시 와야지' 하는 생각보단 그대로
집으로 가져와 나 혼자 편하게 먹고 싶다.

영화도, 보고 싶던 연극도.
가 보고 싶은 제주도의 어느 카페도.
바다가 보이는 멋진 숙소에 푹신해 보이는 침대도.
다 혼자서만 누리고 싶다.

언젠가부터 그냥 혼자인 게 좋다.
그 누군가를 위해서보다는 날 위해.

이렇게 혼자가 더 편하다고 느껴질 때마다 가끔, 두려워진다.

내가 누굴 다시 만날 수 있을까?

누군갈 만나게 된다면 싫어하거나 불편해 할 모든 말과 행동을 조심해야 하고, 별로 내키지 않는 음식을 함께 먹어야 할지도 모른다.
땀에 절어서 그냥 풀썩 쓰러지고 싶은 날에도 집에 들어오자마자 얼른 발을 씻으러 들어가야 할 거고, 심지어 자는 도중에 이불을 빼앗길 수도 있다.
함께 있으려면 많은 불편함을 감수해야 한다.

누굴 만난다고 해서 지금보다 더 좋아질 수 있을까?
지금의 행복을 포기하고 싶을 만큼 대단한 사람이 운명처럼 나타나긴 할까?
그런 게 있었다면 나타나도 진작 나타났어야지…

너무 늦으셨네요.
"안 사요."

그런 사람이 되어 줬으면 해

가끔 덜컥 겁이 날 때가 있다.

늦게까지 모니터를 보며 일을 하다가
갑자기 눈앞이 뿌옇게 보일 때.

조금 피곤한 날.
머리에 찌릿한 느낌이 스치고 지날 때.

손이 찌릿하고 저리더니
손가락에 쥐가 난 것처럼 말을 듣지 않을 때.

언젠가 오지 않을까 걱정했던 순간이 찾아 왔을 때.
욕심이겠지만 내가 옆에 있으니까 괜찮다고 그렇게 말
해 줄 수 있는 사람이 되어 줬으면 해.

위로해 주세요

– 수년 직장 생활 중 최악의 하루네요. 위로해 주세요.

– 워킹맘인데요. 아이가 아파서 일찍 퇴근해요.
   위로해 주세요.

– 허리를 삐끗해서 한의원에서 침 맞고 있어요.
   위로해 주세요.

– 30대 후반입니다. 결혼 못했어요. 위로해 주세요.

– 오늘 같이 하늘도 예쁜 날.
   약속도 없어서 방콕 중입니다. 위로해 주세요.

– 저 재수생인데요. 힘드네요. 위로해 주세요.

– 오늘 너무 힘들었어요. 위로해 주세요.

라디오에 왔던 사연 몇 개를 단 한 글자도 보태거나 빼
지 않고 그대로 가져와 봤다.

'마이크 앞에 앉아서, 사람들 사연이나 몇 개 읽어 주
다가 노래나 소개하면 되고, 그런 거면 나도 DJ하겠
다.'라고 쉽게 말하는 사람들에게 "자, 이제 저들을 위
로해 주세요!"라고 한다면 할 수 있을까?

대체 무슨 말로 저들을 위로할 수 있을까?

> 털썩 주저앉고 싶을 때.
> 무언가 너의 어깨에 닿는다면 그걸 잡아.
> 언제든 널 위해 손을 내밀어 줄 테니까.
> #감동글 #위로 #힘내 #아프지마청춘

이런 거야 쓰려면 몇 개든 못쓰겠어.
문제는 이게 무슨 위로가 되겠냐는 거지.

방금 헤어지고 온 사람에게 같이 술 한 잔을 한다거나
그냥 가만히 앉아 있어 주는 것보다 더 도움 되는 위로
를 하라면.
그걸 말 한마디, 한 줄의 글로 하라면…
솔직히 할 자신이 없다.

"회사가, 공부가, 일이, 그냥 사는 게 힘들어요. 위로해
주세요." 아니 뭔들 위로랍시고 해 본다고 치자.
그들이 원하던 대답은 맞을까?
앞뒤 생각 없이 무작정 쓰러지고 싶은 힘든 날, 집 앞에
켜져 있는 가로등 하나를 보고 날 위해 비춰 주는 불빛
이 저거 하나라도 있다며 위로를 받을 수도 있다.

열 개짜리 귤 한 봉지를 사다가 집에 와서 쏟아 보니 열한 개가 들어 있을 때처럼.

모르는 척 쓱— 찔러 주면 그게 감동이고 위로지만 더 달라고 떼쓰고 받아 낸 그 하나는 그냥 아무것도 아니다.

누가 해 주는 거지 해 달라는 건 아니지 위로가.

나는 뭐가 힘드냐구요?
위로해 주기가 힘들다.
당신 모르게 쓱- 넣어 줘야 하는데…

미안하다. 책이란 걸로 위로도 못 해 줘서.

#7

그래도 　서울에
　살 거야?

서울에서 가장 먼 곳

서울에서 가장 먼 곳은 어디일까?
동쪽으로 독도 아니면 남으로 마라도?
섬을 빼면… 진도, 해남 땅끝 마을이나 부산?

어쩌면 차로 한 시간 반 거리의 고향집은 아닐까?
초등학교 때 네 식구가 함께 이사 왔던 아파트는 이제
낯선 모습으로 변해 버렸다.
10대 시절 나만의 공간. 여기에 내 침대가. 내 책상이.
창문 밑 책장에 가족들 몰래 숨겨 뒀던 재떨이도 있었
는데, 아빠의 창고로 변해 버린 지금 내 방은 집 앞에
오래된 세탁소 자리에 들어와 있는 카페만큼 어색해서
힘든 일이 있을 때도 그립거나 생각나지 않는다.

서울에서 가장 먼 곳.
아니면 그 애가 살던 인천 어디는 아닐까?
군대에 가기 전이었다.
어릴 때 나눈 날선 감정에 많은 상처를 남겼다.
어려서 서툴렀다는 핑계마저 죄스럽다.

때문에 왠지 그곳은 내가 가서는 안 되는 곳으로 남았다. 다 커 버린 어른이 미끄러지지 않는 미끄럼틀처럼, 혈관 어딘가가 콕 막혀 버릴지도 모를 두려움이 거기에 있다.

서울에서 가장 먼 곳.
한 여름의 바닷가일 수도 있다.
물이 무섭고, 숨을 쉬지 못한다는 공포감이 어느 정도인가 하면, 세면대에 물을 받아 얼굴을 담그는 단 1초.
목욕탕에서 미끄러져 정수리까지 몸이 잠기는 그 1초사이에 나는 전생을 봤다.
살면서 잘못했던 온갖 일들이 주마등처럼 스쳤다.
아, 주마등이란 게 이런 거구나.
나는 물이 가득한 곳은 갈 수 없다.

내가 갈 수 없는 서울에서 가장 먼 곳.
그래서 머물고 있는 곳.

여기 서울.

고르라면 겨울

사계절 중에 하나를 없앨 수 있다면 주저 없이 겨울을 고를 것이다. 여름엔 아이스커피 없이 5분도 걷기 힘들고, 겨울에도 집에서 반팔 티에 반바지를 꺼내 입을 만큼 추위에 강하지만 없앨 수만 있다면 한 치의 망설임도 없이 나는 겨울이다.

사계절이 뚜렷하기보단 여름, 겨울이 뚜렷한 날씨.
때문에 사계절 옷을 전부 가지고 있어야 하는 부담감은 상당하다. 아니, 겨울옷의 부담감이 상당하다. 무게 부피 가격 뭐 하나 빠질 게 없다.

원룸의 좁은 옷장이 감당하기엔 겨울옷은 참 골칫덩이다. 1년 중에 아홉 달은 옷장에 반으로 접혀 있던 긴 코트와 숨이 죽어 버린 점퍼.
그래, 니들이 고생이 많다.
그렇게 겨울옷을 옷장에 다시 욱여넣을 만큼 날이 따뜻해지던 어느 날. 갑자기 하얀색 운동화가 갖고 싶어졌다.

"이거 280 사이즈 있나요?"

발볼이 너무 넓은 저주받은 발을 새 운동화에 넣어 본다.
아, 이 압박감.
사이즈가 클수록 신발이 못나 보이고, 사이즈가 커진다
고 발볼이 그다지 넓어지지도 않아서 발 편하라고 신는
신발을 늘 불편하게 신어야 하는 불행함이란…

발은 좀 어떠냐는 직원 말에, 조금 끼지만 신다 보면 괜
찮아질 거 같다고 했다.

"얇은 양말을 신으면 조금 나으실지도 몰라요."

아차, 겨울 동안 신고 있던 두꺼운 양말.
서너 달 사이에 색도 바래고, 쭉 늘어난 아빠의 러닝셔
츠처럼 후줄근해진 이 양말. 발볼이 문제가 아니라 이
양말을 다른 사람이 봤다는 게 너무 창피했다.
"이거 주세요. 바로 신고 가도 되죠?"

3월에 입었던 목티가 유난히 부끄러웠던 15살의 이맘때.
그 해에는 하필 형광색이 유행해서 거리에는 분홍색,
노란색 봄옷을 입은 사람들이 많았다.
텁텁해 보이는 진한 갈색 목 티를 입은 내가 얼마나 창
피하던지, 마침 주머니에 있던 한 달 치 용돈으로 얼른
아무 옷 가게나 들어가서 얇은 티셔츠를 사 입은 기억
이 있다.

혼자 두텁게 뒤처지는 게 창피해서 나는 그 열등감에
서울로 올라왔는지도 모르겠다.

양화

여수로 여행을 가면 여수 밤바다를 듣게 된다.
듣고 싶지 않아도 거리에서 앰프를 틀고 커다랗게 여수 밤바다를 부르는 친구들이 있다.
자기들이 장범준 보다 더 많이 불렀을 거라며. (아닐 걸?)
어쩔 수 없이 사람들은 여수 밤바다를 보면서 노래 버스커 버스커의 여수 밤바다를 떠올리게 된다.

양화대교를 지날 때면 귀에 이어폰을 꼽고 있던 사람들은 갑자기 주머니 속 스마트폰을 꺼내서 멜론 검색창에
'ㅈ ㅏ ㅇ ㅣ ㅓ ㄴ …'
'ㅇ ㅑ ㅇ ㅎ ㅗ ㅏ ㄷ …'

노래를 만들었던 자이언티가 화곡동에 살았다고 했었나? 자이언티도 화곡동에서 홍대로 가는 604번 버스를 타고 양화대교를 지났을까? 그때 이 멜로디와 가사를 떠올렸을까?

양화대교를 보면 떠오르는 노래가 또 있다.
"양화"

이 노래는 누가 트로피를 팔았다는 에피소드로 더 많은
사람들이 알게 된 시상식에서 상을 받은 래퍼의 노래다.
수상 후보들의 노래를 묶어 둔 플레이 리스트에서 우연
히 듣게 된 노래 "양화"

언젠가 마음먹고 이 노래를 다시 들었던 날. 노래가 끝
나면 다시, 또 다시. 그러다 아예 한 곡 반복 재생을 걸
어 두고. 계속해서 이 노래를 들었다. '양화'를 '서울'
로 바꾸면 내 얘기 같아서, 내가 하고 싶던 말이라서.

어렸을 땐 힙합 참 좋아했었다.
허니패밀리, 3534 윤희중, 조PD, Ray Jay, DJ Uzi,
wassup, C-LUV, 유리, 정기고, 원타임, Perry,
45rpm, TBNY, UMC, 김디지, JP, I.F, 2soo, 부가킹즈,
팔로알토, 스토니스컹크, 주석, 데프콘, CB MASS,
버벌진트, 바스코, 션이슬로, 엑스틴, 드렁큰 타이거,
진말페, DM, 더블케이, 에픽하이, MC haNsAi…
그리고 힙플라디오.
랩하는 형들이 하는 말이 너무 멋있었는데 활동하는 웬
만한 래퍼들보다 나이가 많아지고 나니까 그들이 하는

얘기가 다 가소롭게 들리기만 했다.

군대나 갔다 와라.
더 살아 보고 얘기해라.
나도 그땐 그랬었다.

이런 생각이 들고부터 힙합을 잘 안 듣게 됐다.
그냥 내가 안 듣고 살았을 뿐이지 해야 할 말이 있는 사
람들은 계속 가사를 쓰고, 양화대교를 건너 마이크를
잡았다.

이 책을 다 읽고 나서 당신이 꼭 들었으면 하는 노래들
이다.

딥플로우 〈양화〉
화지 〈서울을 떠야돼〉
더블케이 〈Seoul〉
조pd 〈비밀일기〉

그리고,
후디 〈한강〉
혜은이 〈제3한강교〉

담배 피러 갈래?

∴●

되게 촌스러운 90년대 영화 같기도 했고, 장동건, 김찬
우가 나오는 90년대 캠퍼스 드라마 같기도 했다.

신촌에 있는 친구의 자취방 건물. 친구는 갖고 있던 마
지막 패를 까 보듯이 옥상 문을 열었다.
오–
역시 흡연자들은 서식지 주변에 담배 피우기 좋은 '포
인트' 하나쯤은 귀신같이 찾아내고야 만다.

친구는 삼수 끝에 신촌에 있는 학교에 입성했다.
이 친구를 만나러 오기 전까진 몰랐다.
신촌이 이렇게 지대가 높았나? 지하와 1층의 경계가
애매해서 3층과 4층도 구분하기 어려운 건물의 옥상.
여기선 많은 지붕이 내려다보였다.
그리고 지붕의 수평선 끝에는 비싸 보이는 신축 오피
스텔 하나가 솟구쳐 오르고 있었다.
괜히, 거길 향해서 담배 연기를 뿜어 본다.

서럽고 힘들다며 아까 했던 그 푸념들은 다 어쩌고,
뭔가 으쓱해지는 게 술을 먹긴 먹었나 보다.

괜히 친구에게 시비를 걸어 본다.
바쁜 척 그만하고 연락하면 좀 튀어나오라고.
어떻게 된 게 직장인보다 대학생이 더 바쁠 수 있냐며.
아니, 대학생이 무슨 돈이 있다고 계산을 해 계산을.
대학생이 돈도 많다? 옷도 사고, 신발도 사고. 그 신발
어디서 샀냐?

"쇼핑몰. 왜? 티나?"

새벽에 문득,

문득, 눈이 떠진 새벽.
아직 어두웠다. 오전 4시 14분.

평소엔 두세 시쯤에 잠이 들다보니 오랜만에 눈으로 본
새벽 4시는 낯설었다. 중간에 잠에서 깨는 것도 꽤 오
랜만이다.
서울의 밤은 내가 버티지 못하기 직전까지, 지쳐 쓰러
질 때까지 일하게 만들고서야 겨우 눕는 걸 허락했다.
너무 바쁠 때는 혹시나 아침에 못 일어날까 봐 일부러
불편하게 자기도 했다. 2인용 소파에 몸을 구겨서 눕히
거나 책상에 엎드려 형광등을 다 켜 놓은 채로.

나는 지금 게스트하우스 침대에 누워 있다.

자다가 중간에 깨는 게 너무 오랜만이라 이게 가위에
눌린 건 아닌지. 설마 몽유병은 아닐지. 별 생각이 다
들 정도였다. 그러다 무섭기까지 했다.

여행지에서 하루 묵게 된 숙소.
소등 시간 때문에 평소보다 너무 일찍 잤더니만 수면 리듬이 깨진 모양이다. 다시 시계를 보니 새벽 5시, 눈이 감기지 않는다.

여기가 아니라 서울에 있는 내 방 침대였다면 금방 다시 잠들 수 있었을 텐데…
잠들지 못하는 괴로움에 서울을 그리워하게 될 줄이야.

아무것도 할 수 없는, 아무것도 하지 않아도 되는 여행지에서의 시간이 이렇게 불편하다니.
다시 가고 싶다, 차라리 서울로.

버켄스탁 밀라노 검은색, 280

남들보다 한발 늦으면 구할 수 없는 수많은 물건.
한정판으로 나온 조단이라거나, 디자이너와 컬래버 했
다는 H&M 옷도 아니고, 새로 나온 아이폰도 아니었
다. 신발장 열면 누구나 있을 버켄스탁 신발.
조금 디테일하게 밀라노 검은색 280사이즈.
강남-신촌-일산에 있는 신발 가게 어딜 가도 이걸 구
할 방법이 없었다.
겨우 그 까짓게… 없었다!

서울에 있는 대형 신발 판매점에 전화를 모두 해 봤다.
버켄스탁 밀라노 검은색 280. 없나요? 네. 없습니다.
너무 비싼 것도 아니고, 발이 300이 넘는 것도 아니고.
남들 다 신고 다니는 그 신발, 나도 돈 10만 원 정도는
있는데, 그걸 서울 어디에서도 구할 수가 없었다.
순간, 어느 유머 사이트에서 봤던 글이 떠오르면서 괜
한 오기가 발동했다.
"포기하거나 실망하지 마라. 당신 뒤에는 천오백만 중
고나라 회원이 있다."

막상 사고 보니 사이즈가 안 맞더라는 판매자가 있었다.

드디어 구했다! 싶었는데, 오늘 직거래가 아니면 힘들 것 같다는 답장이 왔다.

판매자 위치는 5호선이 다니는 강동구. 나는 3호선 고양시 일산동구 백석역.

번뜩, 지하철 택배 서비스가 생각이 났다.

지하철 승차가 무료인 어르신들이 지하철로 물건을 운반해 주는 업체가 있다.

상황을 설명하고, 업체로 입금을 할 테니 판매자를 만나 현금을 주고 물건을 가져다주는 게 가능한지 물었더니 문제없다고 했다. 업체에서 전해 준 지하철 택배 어르신 연락처를 판매자에게 넘겼다.

얼마 후, 집 앞 백석역으로 아주 안전하게 버켄스탁 밀라노 검은색 280사이즈가 도착했다.

중고나라에 접속한 3시간 만에 모든 일이 해결됐다.

다시 말하지만, 아마 당신도 있을 법한 버켄스탁 신발.

바닥이 나무로 된. 여름에 많이들 신고 다니는 그거.

그걸 구하겠다고 이 난리를 쳤다.

뿌듯했다. 서울에서 해내지 못할 일이라곤 아무것도 없을 것처럼 뿌듯했다.

늦여름, 버켄스탁 밀라노 검은색 280을 내가 구했다.

남들 다 있는 그거.

특별시민

오로지 맥을 쓴다는 건 정말 고단한 일이다.

공인인증서를 저장해 둘 수도 없고, 편리하게 집에서 뗄 수 있다는 각종 증명서들도 편리하게 뗄 수 없다.

늘 불편을 감수하는 고단한 앱둥이의 삶은 피곤하다. 결국 맥에 윈도우 설치를 허락한다거나 옆 사람 노트북을 빌리거나, 아니면 가까운 PC방이라도 뛰어가야지 뭐.

아이폰도 마찬가지다. 밥집에서 충전을 맡기려 해도 "아이폰은 안 되는데". 그나마 후속 시리즈들이 분발해 줘서 다행이지 아이폰 5까지만 해도 밖에서 충전하려면 꽤 애를 먹어야 했다.

이제 충전이 괜찮아질 만 하니까… 아이폰7은 이어폰으로 또 한 번 시련을 안겨 준다. 이어폰 잭이 달라서 전용 어댑터나 이어폰을 2개씩 가지고 다녀야 하는 불편이 시작됐다.

어쩌다 이어폰을 잘못 가지고 나왔을 때는 이러려고 아이폰을 샀나 자괴감마저 들곤 한다.

하지만 맥을 쓰고, 아이폰을 쓴다.
디자인이나 영상 편집을 하는 것도 아닌데 왜 꼭 맥이어야 하냐고 묻는다면, 그냥 "간지"다. 포기할 수 없는. 사실 메모장이 연동된다거나 스케줄 표 관리하기 편하다거나 하는 이유는 써 보지 않은 사람에겐 구차한 변명일 뿐이겠지만.

굳이 서울 살이를 시작하긴 했다.
고향에서도 하던 일을 굳이 서울에 와서 해 보고 싶었고, 비슷한 돈을 벌면서 굳이 혼자 사는 비용을 감당하며 산다. 친구가 없어서 외로웠지만, 굳이 혼자 술을 먹고 싶어질 때면 손님이 드문 조용한 술집 사장님과 친하게 지내면 된다.

굳이 서울에 살아야 하는 이유?
뭐랄까… 간지?
힘들긴 해도 싫었던 적은 없다.
서울.

한 편의 연극

지방에서 나를 보러 서울까지 와 준 친구들과 연극 한 편쯤은 꼭 같이 보려고 노력한다. 대학로에서 연극 보는 게 처음인 친구들은 이렇게 말한다.

"연극이 이런 거였어?"

하긴 대학로가 아니고서야, 서울이 아니고서야 지방에서 연극을 볼 수 있는 곳은 거의 없다.
그나마 극단이 있고, 대관이 목적인 조그만 소극장이라도 운영되는 곳은 광역시거나 도청 소재지 정도 되는 큰 도시다.

살면서 연극 한 편을 제대로 보는 사람은 많지 않을 거다. 그래서 전국의 고등학교 연극 반에선 오늘도 로미오와 줄리엣, 햄릿 대사를 외운다.
(제발 그 이상한 독백 연기 좀 하지 마…)

배우들이 눈앞에서 침을 튀겨 가며 대사를 하고, 울고 웃는 모습을 처음 봤다면 웬만큼 재미없지 않고서야 연극은 매력적일 수밖에 없다.
처음 연극을 본 친구들은 이렇게 말한다.
문화생활이라는 게 영화 말곤 없는데, 서울 사는 사람들 참 부럽다며.

나도 멀리서 친구가 온다거나 대학 친구 중에 누가 작품 한다고 연락이 오지 않는 한 연극 보는 일이 참 드물어지긴 했다. 대학 땐 연극 보는 걸 참 좋아했는데.

학생 할인을 받아도 영화 두세 편은 볼 수 있을 비싼 표값이었지만, 안산에 있는 학교에서 4호선을 타고 한 시간을 넘게 가야 했지만, 내가 살던 지방에선 볼 수 없던 연극을 서울에선 마음만 먹으면 볼 수 있었다.

그게 좋았다.
마음만 먹으면 할 수 있다는 거.
지방에선 할 수 없는 게 너무 많았다.

연예인이 되어 보고 싶을 나이에 오디션을 보러 갈 곳
이 없었고, 좋아하는 가수들은 일 년에 한두 번. 지역에
큰 행사가 있어야만 볼 수 있었다.
그나마도 사람이 너무 많아서 멀~리서 형태 정도만 볼
수 있다.
가고 싶은 대학이 없었고, 되고 싶은 직업도 없었다.
스타벅스도 내가 스무 살이 돼서야 처음 생겼다.
햄버거 가게는 롯데리아 밖에 없어서 TV만 틀면 나오
는 맥도날드 햄버거는 구경도 못해 봤다. 백화점도 없
었다.

뭐 이렇게 없는 게 많아…

마음만 먹으면 할 수 있는 것, 갈 수 있는 곳.
마음먹어도 할 수 없는 것, 가기 힘든 곳.

어린 눈에도 서울은 마음만 먹으면 할 수 있는 게 많아
보였다.
그러니 오지 않을 이유가 없지.

어서 오세요.
꿈과 모험의 동산
서울입니다.

우회전, 그리고 좌회전

다시 서울로 올라가는 길.
남부터미널로 향하는 이 버스는 모퉁이를 빠져나와 바
로 우회전을 한 번. 그리고 좌회전 한 번이면 문이 열
린다.

우회전, 그리고 좌회전. 두 번만 몸이 들썩이면 내릴 수
있다고 되뇌며 참고 또 참아 본다.

두 시간이 넘도록 눈뜬 채로 아무것도 하지 않는다는 건
너무 괴로운 일이었다. 잠도 오지 않았다.

기분 좋은 상상을 해 본다. 이번 주에는 왠지 복권 1등
이 내 차례가 될 것 같은데, 그 돈이면 혼자 살 집이야
서울 어디라도 얻을 수 있지 않을까? 단골 카페였으면
했던 연남동의 그 카페. 거길 걸어갈 수 있는 곳이면 좋
을 것 같다.

그 카페를 누구랑 갔었지?

헤어진 네가 떠오른다.

우린 왜 헤어졌지? 그렇게 좋았었는데…

그 카페에서 함께 음악을 듣다가, 저녁을 먹으러 가는 길.

지금 생각하면 아무 일도 아니었다. 하지만 새벽에 걸려 온 그 남자의 전화. 그리고 한참이나 그 전화를 붙들고 있던 너를 떠올리면 아무 일도 아니진 않았다.

결국 그날, 우린 함께 저녁을 먹지 못했다.

그런 날들이 반복되면서 술만 늘었다.

지금도 차라리 술에 취했다면 잠들 수 있었을까?

머릿속에서 몇 년의 시간이 흐르는 순간, 어쩌면 드라마 속 주인공이 만화와 현실을 넘나들고, 시공간을 넘나들면서 몸이 지쳐 버리는 것처럼 괴로워진다.

당장 숨이 막힐 것 같고, 머리 위에 걸린 비상용 망치를 집어 들고 창문을 깨고서라도 나가고 싶다.

출발한 지 한 시간쯤 지나고부터 계속해서 버스 안이 갑갑하다고 느껴졌다. 허리가 아프고 엉덩이가 배긴 거야 우등 버스가 아니라 어쩔 수 없는 노릇이지만 그 이유는 아니다.

누군가는 이걸 장황하게 설명하며 공황이라고, 불안 장애라고도 했던 것 같다.

하지만 그렇게나 그럴듯한 이름으로 불러 주기엔 이 시간은 나에게 조금 하찮다.

내가 서울을 떠나고, 다시 돌아오는 그 많은 날 동안 늘 반복되는 일.

숙취에 찌든 얼굴로 거울 앞에서 양치를 하고, 녹아 버릴 것 같은 몸으로 출퇴근 지하철에 오르는 일상과 다르지 않은 일.

언제나 반복되는 시간은 늘 하찮게 여겨질 수밖에…

거기, 뭐 묻은 거 같은데?

처음 서울에 올라올 때 가져온 돈은 딱 5백만 원이었다.
그 돈으로 처음 눕게 된 5평 남짓한 비좁은 원룸.
돈이 조금 모일 때마다 야금야금 조금이라도 넓은 집으
로 이사를 다녔다. 그렇게 일곱 번이나 이사를 했다. 내
가 머물렀던 그 집들 화장실 수챗구멍에 아직도 내 머
리카락이 남아 있을지도 모른다.

누가 출입증을 차고 있다고 알려 주면 아차! 하고 주섬
주섬 뺐지만 사실 보여 주고 싶어서 일부러 목에 걸고
다니던 방송국 출입증.
너무 커서, 안에 뭐가 있는지 다 구경도 못해 본 커다란
방송국 건물.
출입증을 꼭 반납하고 찾아가라고 했던 보증금 만 원.

그 회사 앞, 이번엔 꼭 도장을 다 채워 보겠다며 다시
오겠다고 말했지만 사실 맛이 없어서 가지 않았던 생과
일주스 집에 내 이름이 적힌 쿠폰.

태어나 처음 가 봤던 세종문화회관. 그 옆에 엘리베이터도 있는 3층짜리 스타벅스.
거기서 너를 기다리다가 지나가던 사람이 커피를 치고 가는 바람에 소파에 묻혀 버린 내가 산 커피 자국.

첫 데이트라 분위기 좋은 가게에 가고 싶었는데, 주소를 쥐고도 길을 찾지 못해 주변 사람들에게 물어물어 갔던 삼청동의 한 카페.
지루한 표정을 한 네가 껌을 뱉고 싶다길래 가방에 있던 연습장 한 페이지를 쭉- 찢어 골목길 어귀 쓰레기 더미 위에 슬쩍 버렸던 그 종이가.

3달치 돈을 내긴 했는데, 겨우 한 달을 나가 놓고는 언젠가 다시 갈 거라고, 그때 쓰겠다며 헬스장에 남겨 두고 온 조그만 목욕 바구니.

몰랐는데, 포인트가 쌓여서 주는 거라며 쓰지도 못할 일반 세탁기 세제를 주던 동네 마트에도 내 전화번호가…

여기저기 많이 묻어 있어서 그냥 떠나기는 좀 그래.

무제

라디오 생방송 중에 사연이 도착했다.

휴일도 업이 일하는 동네 마트에요.
딸내미 학교 개강해서 애 아빠가
천안 자치방으로 필요한 물품 실코 떠나는데
저는 왜 이렇게 허전하고 아쉬운지
여름방학 내내 잠깐잠깐 가게 나와서 엄마 아빠 도와주고
집안일까지 도맞아서 해주느라 여행한번 못 보냇어요.
우리 딸래미 착하죠?
방학 끝나면 늘 보내는 천안인데 오늘은 어찌 더하네요.
딸래미가 좋아하는 지드레곤 무제 들려주세요.
50대 수퍼 아줌마가

노래가 나가는 동안, 떠나왔던 집이 생각났다.
인생에서 가장 오래 살았던 곳인데 이제는 화장실 변기
마저 낯선 그 집.
많은 게 달라졌고. 그래서 가고 나면 늘 마음이 불편해
졌고, 서울로 돌아갈 때면 괜히 내려왔다고 속으로 투

덜대면서 버스 터미널로 가곤 했던 고향집.
거기에 남아 있는 부모님 마음이 어떨지는 사실 생각해
본 적이 없다.

남들보다 조금 일찍 자취를 시작했다.
학교가 멀어서는 아니었고, 그냥 집이 싫어서… 내보내
달라고 떼를 썼다.
나이처럼 화가 많던 열여덟.
주먹으로 내려쳐 움푹 파인 내방 문.
손으로 쥐어 찢어 버린 이불.
그리고 며칠 후, 엄마의 설득으로 아빠는 고등학교 앞
반지하 건물에 자취방을 하나 얻어 줬다.
그 방도 내가 직접 부동산에 가서 알아보긴 했지만.
이사 하던 날, 아빠는 안방에서 나와 보지 않았다.
지금 생각하면 남자들의 동굴이라고 말하는 거기에 있
었던 것도 같다.

대학을 마치고 집에서 1년 정도 지내다가 다시 서울에
올라갈 때도 그랬다. 짐이 많지도 않아서, 이사는 아빠
의 투싼 한 대로 충분했다.
날 서울에 데려다주고, 다시 내려갈 수도 있었겠지만
아빤 그냥 이사 잘하고 나중에 차를 가져오라고 했다.
서울에 7년을 살도록 아들이 사는 곳에 한 번을 와 본

적이 없는 아빠.

그 마음을 모르지도 않으면서,
아빠들은 다 그래. 우리 아빤 특히 더 무뚝뚝해.
그렇게만 생각했다.

TV에서 윤여정 씨가 그랬다. 자기도 60은 처음이라고.
그 나이는 처음 살아 본다고.
드라마 응답하라에서 아빠 성동일이 그랬었다.
아빠도 아빠가 처음이라고.

자식이 뭐 얼마나 많다고,
한두 번 떠나보내는 걸로는 연습도 되지 않았을 텐데,
내가 떠난 게 세상에서 가장 싫었을 당신에게…

미안하단 말을 못해서
미안하다.

밤 12시의 합정역.
이곳의 공기는 느낌이 다르다.

많은 사람들이 다닥다닥 줄지어 숨을 쉬고 있다.
서울에서 마신 이 들숨을 서울 밖에서 뱉어 낼 사람들.
그래서인지 눈에 보이지 않는 싱크홀이 생긴 듯 여긴
뭔가가 허전하다.

다가오는 광역 버스를 향해 어떤 사람이 멀리서부터 뛰
어 온다. 정류장 끄트머리에서 조금씩 다가오던 버스는
그를 지나쳐 사람들이 길게 늘어선 줄 앞에 멈춰 섰다.
그 버스가 거기 서야 한다는 어떤 표시도 찾을 수 없었
지만 버스가 멈추는 곳은 거기였다.

나도 겨우 올라 탄 버스 안. 누군가의 옆자리에 앉는 건
다들 불편하겠지만 그렇다고 서서 가기엔 모두의 하루
는 너무 고단했다.

서로에게 무관심해 보이는 건 어쩌면 서로에 대한 배려
일지도…

두꺼운 외투 주머니에서 아까부터 진동이 울린다. 이 비
좁은 버스 안에서는 전화기를 꺼내는 것조차 일이다.
이제 일은 그만하고 싶다.
그렇게 일을 했는데도 결국 서울이 버거워서 다시 서울
밖으로 밀려 나가고 있는 중이다.

아까부터 울리던 진동은 고향에 있는 친구에게 온 메시
지였다.
– 얼마 전에 이사 했다며. 서울 생활은 좀 어때?
– 서울이나 거기나. 사람 사는 게 다 똑같지 뭐…

그래.
거기나 여기나…
정말 그랬으면 좋겠다.

그때가 온다면 정말 멋질 거야.
서울의 밤은 예쁘니까.

서울은 좀 어때

초판 1쇄 인쇄 2018년 03월 20일
초판 1쇄 발행 2018년 03월 25일

지은이 황관우
펴낸이 안종남

펴낸 곳 지식인하우스
출판등록 2011년 3월 31일 제 2011-000058호
주소 121-904 서울시 마포구 월드컵북로400(상암동) 문화콘텐츠센터 5층 5호
전화 02) 6082-1070
팩스 02) 6082-1035
전자우편 jsinbook@naver.com
블로그 blog.naver.com/jsinbook

ISBN 979-11-85959-53-5 03810